Mauvais frère

Maud Tabachnik

Mauvais frère

ROMAN

Albin Michel

COLLECTION « SPÉCIAL SUSPENSE »

22, rue Huyghens, 75014 Paris

www.albin-michel.fr

ISBN 2-226-13156-6
ISSN 0290-3326

POURQUOI faut-il que Suzan cherche toujours à me blesser devant ses amis ? Elle sait que Julia et Sam me sont sympathiques. Lui particulièrement. J'aimerais filmer son quotidien. Il possède une élégance naturelle liée à une intelligence subtile qui tranche avec la représentation que les scénaristes médiocres donnent le plus souvent des policiers. Après, on s'étonne que les gens détestent ou méprisent la police.

Pas moi. Si mon père avait accepté j'aurais fait l'école de police. J'aurais défendu les innocents ; j'aurais poursuivi sans relâche les criminels. Je serais arrivé et j'aurais montré ma plaque dorée et les coupables auraient immédiatement compris qu'ils n'avaient aucune chance. La société doit se protéger.

J'aime la justice. Le droit et la justice. C'est ce qui tient notre monde debout. Suzan m'agace quand elle dit préférer parfois les voyous. C'est le langage des gens de son milieu.

J'ai bien ri quand Alfred Reynold s'est fait agresser en tirant de l'argent au distributeur. « Y avait pas un seul flic », il braillait. Comme si les policiers devaient être omniprésents et s'occuper spécialement d'un guignol comme lui. Je le lui ai fait remarquer.

« T'en as toujours un tapi dans une bouche d'égout quand

t'es en infraction pour ta bagnole. Là, ils manquent pas, les salauds ! » m'a-t-il répliqué.

Quel abruti. Les policiers font un métier dur et dangereux et personne ne leur en est reconnaissant. J'aimerais voir Boston une seule journée sans la police, on rirait bien. Les gens resteraient enfermés chez eux, terrorisés par l'idée de sortir.

Peut-être que si j'avais épousé Vivien j'aurais choisi ce métier sans avoir à me justifier puisqu'un de ses oncles était policier. Mais je m'y suis mal pris. J'étais jeune, timide.

Je me souviens de ma demande en mariage comme si c'était hier. Nous étions du même âge, fréquentions la même classe et sortions avec les mêmes amis. Elle était toujours fourrée avec sa copine Sally, à rigoler. Qu'est-ce que je la trouvais belle ! Pas seulement moi, d'ailleurs. Tous les copains bavaient devant. Mais c'est moi qu'elle choisissait pour l'accompagner au cinéma ou pour les sorties.

Les garçons me charriaient parce qu'ils étaient jaloux. « Alors, tu te la fais quand ? Ou alors tu l'as déjà sautée et tu nous le dis pas ! » Les crétins ! Elle était vierge, j'en suis sûr, et je voulais l'épouser et lui donner des enfants.

C'est pour ça, entre autres, que j'ai choisi cette fête pour lui faire ma déclaration. Pour que tous ces imbéciles comprennent qu'elle, c'était pas comme les autres. Et puis parce que je ne me décidais pas à la lui soumettre en direct. Elle m'intimidait trop. Alors, quand Ben nous a tous invités pour fêter son départ à l'université, je me suis dit que c'était le moment.

On a beaucoup dansé ensemble, presque toutes les danses à part deux ou trois, et je voyais bien qu'elle était heureuse d'être dans mes bras.

Pour me donner du courage j'avais descendu une demi-bouteille de gin et partagé un pack de six bières avec Paco. La soirée était magnifique, ça flirtait partout, moi je dansais avec Vivien, et quand la musique s'est arrêtée je me suis emparé du micro que j'ai tapoté comme j'avais vu le faire pour atti-

rer leur attention. Mais ils se sont mis à hurler et j'ai essayé de les faire taire.

« Écoutez-moi, bande de braillards ! fermez vos gueules pour une fois ! » Tu parles, autant essayer de vider l'océan avec une petite cuillère ! En fin de compte, c'est Vivien qui est intervenue et a exigé qu'on m'écoute. Moi, j'étais aux anges. Elle venait à mon secours.

« Écoutez, bande de ploucs avinés ! j'ai une très importante déclaration à faire ! »

Nouveau chahut avec des réflexions du genre : « Qu'est-ce t'as, beau blond, tu veux avouer que t'as attrapé la chtouille avec une de nos copines ? »

Et ils repartaient à rire. Et moi je guettais Vivien et je voyais bien que leur conduite l'énervait. Enfin j'ai pu parler.

« Ce que je vais vous dire ce soir est très important et très grave. » Là, ils se sont arrêtés de faire du boucan parce que je devais avoir l'air sérieux. « C'est très important pour moi et une autre personne présente dans cette salle. » Ils sont repartis à rigoler parce que je crois qu'ils avaient déjà compris. « Je suis amoureux fou de Vivien, ce n'est un secret pour personne, et ce soir je lui fais officiellement ma demande pour qu'elle soit ma femme. »

Je me souviens du silence qui a suivi, parce que là ils ont marqué le coup. C'était pas la mode de dire des trucs comme ça devant tout le monde. Quand un garçon et une fille se plaisaient, ils couchaient ensemble, et si c'était sérieux ou que la fille tombe enceinte, au bout d'un moment ils se mariaient ou se mettaient en ménage. Mais faire une déclaration solennelle au cours d'une party, c'était trop !

Il y a eu un premier rire, je ne sais pas de qui, mais ça a entraîné les autres, et même moi. On se marrait bien tous, et ensuite tous les regards se sont tournés vers Vivien qui me regardait éberluée, et j'ai remarqué sa gêne. Ça n'a pas duré. Elle et Sally ont été prises d'un fou rire à tomber par terre. Le genre de fou rire incontrôlable, et tout le monde s'est mis à se tordre et à se secouer et j'ai senti monter la haine. L'envie de les voir crever ! Vivien, qui riait encore plus fort que les autres, s'essuyait les yeux, reniflait, se comportait avec une vulgarité que je ne lui avais jamais connue.

Mon Dieu, quand j'y repense, j'en tremble encore de colère et de honte. C'est pour ça que je me suis engagé dans l'armée, pour ne plus les voir, ne plus les entendre. Surtout Vivien. Ne plus les entendre.

Avec Suzan, c'est un bonheur calme, mesuré, mais c'est bien. Après, je me suis méfié des femmes et j'étais toujours sur mes gardes. Avec Suzan, ça s'est passé différemment parce que c'est elle qui m'a voulu. Elle était déjà introduite dans le milieu du cinéma alors que j'étais encore débutant. Ce qui m'a fait comprendre que si elle était séduite ce n'était pas par intérêt.

Moi, j'étais assez tiède, faut le dire, et bien sûr un jour elle m'a annoncé qu'elle attendait un enfant et j'ai été coincé. Je ne le regrette pas, ce ne sera jamais comparable avec ce que j'ai éprouvé pour Vivien, mais c'est tranquille. Nous avons une vie semblable à celle de millions d'Américains, notre seule originalité c'est notre profession. Mais je commence aussi à m'en lasser.

Si j'avais épousé Vivien, c'est ma vie avec elle qui aurait compté... alors que là je dois avouer que je m'ennuie autant chez moi qu'au studio, et ça, ce n'est pas normal pour un type comme moi. Je sais que je suis différent, je m'en aperçois à chaque instant. J'ai l'impression d'être le seul homme réel dans un monde virtuel.

Je suis content d'avoir débuté ce journal, j'aurais dû le faire avant. On oublie trop vite les impressions ressenties et même ce que l'on vit. On est en permanence bombardé d'informations qui, comme sur une disquette, effacent les précédentes. À partir de ce soir je note tout. Il faut juste que je trouve une cachette inviolable pour ce cahier.

P.S. Mon frère est revenu.

Se réveiller le matin et retrouver la vie peut avoir deux effets opposés selon que celle-ci vous fait peur ou qu'au contraire vous l'aimez.

Mon sommeil, comme souvent, avait été hanté de cauchemars et j'en sortais vermoulu. Mon psy m'avait dit (pour trois mille dollars et quelques années de divan) qu'ils mêlaient mon passé réinventé, ma crainte du présent et ma méfiance du futur.

Je suis resté un moment les yeux au plafond à tenter d'évacuer mon angoisse et à me souvenir de mes rêves. Quand j'étais sur son divan c'était mon premier devoir.

— Vous devez vous souvenir de vos rêves. Vos rêves, c'est vous.

— Oui...heu...

Il s'appelait Rosemblum et ressemblait à un Waffen SS. À mon avis c'était ça son problème. Sa famille européenne était, d'après ce que j'avais cru comprendre, partie en fumée quelque part du côté de Dachau, et il avait épousé une Allemande dont il craignait que le père soit un réfugié nazi. Nos pathologies nous rapprochaient sans que ni lui ni moi n'en tirions profit.

Je l'ai laissé tomber quand il m'a proposé de me faire connaître sa belle-sœur.

Je me suis levé et je suis allé dans la salle de bains avant de descendre préparer mon petit déjeuner. Pendant que le café passait j'ai jeté un coup d'œil par la fenêtre.

J'habite une petite maison de Louisbourg Square, sur la rue qui entoure le jardin du même nom. Elle est à un étage comme la plupart de ses voisines avec un balcon en bois qui prolonge ma chambre au premier, et un bout de pelouse qui la sépare du trottoir. Sa façade est recouverte de bardeaux gris et ses volets sont bleus. Le matin j'entends chanter les oiseaux et s'interpeller les chiens du quartier.

Je l'ai achetée quand le coin était décoté mais à présent elle vaut son pesant d'or bien que ça n'atteigne pas encore les prix de certaines rues comme Revere Street, sur Beacon Hill, par exemple, où habite ma mère.

Mes voisins les plus proches sont à gauche un couple d'architectes branchés, et à droite un comédien de télé célibataire qui a transformé sa maison en baisodrome à starlettes. On s'entend tous très bien, et on donne de temps en temps des fêtes où l'on joue à former une équipe de joyeux copains.

Il y a un peu plus de quatre mois j'ai rencontré Julia. À l'inauguration d'un théâtre où m'avaient justement convié mes voisins de gauche.

J'étais près du buffet à essayer d'attirer l'attention du barman quand elle est arrivée, et le même barman qui m'ignorait depuis dix minutes s'est empressé dès qu'elle a tendu son verre.

— Qu'est-ce que vous avez de plus que moi ? lui ai-je demandé.

— Pardon ?

— Pourquoi vous a-t-il immédiatement servie ?
— Qui ?
— Lui, ai-je répondu en désignant le loufiat.
— Peut-être qu'il préfère les femmes.
— Moi aussi.

Elle avait les yeux brun chaud et les cheveux acajou coupés au carré. Une drôle de fille, avec une bouche et un nez un peu grands. Rien à voir avec les canons californiens. D'ailleurs, nous étions à Boston.

— Puisque vous avez la cote, peut-être pourriez-vous m'offrir un verre.
— Champagne ?
— Bourbon.

Une seconde après j'avais le verre en main.

Comme elle restait là, je lui ai demandé si elle pouvait faire autre chose pour moi.

— Par exemple ? m'a-t-elle demandé.
— M'accompagner pour dîner parce que ce buffet ne me dit rien qui vaille.

Elle a examiné les plats, l'air sérieux.

— Qu'est-ce que vous proposez ? s'est-elle alors enquis en sirotant son champagne rosé.
— Un Italien. Un Italien de Venise. Langoustines grillées, rigazzonis aux quatre fromages, tiramisu ou glace maison, café stretto ; le tout arrosé d'un chianti classico rouge que son oncle récolte sur un petit arpent de vigne près de Sienne.

Elle m'a regardé en réfléchissant. Vraiment pas le genre à se lancer tête baissée dans n'importe quoi.

— Je vais chercher mon manteau, a-t-elle décidé en reposant son verre. Attendez-moi près de la sortie.

C'est comme ça que ça a commencé, et ça a drôlement bien continué. Quand je l'ai raccompagnée après le tiramisu elle m'a dit qu'elle me trouvait beau garçon et a ajouté qu'il y avait un moment qu'elle n'avait pas fait l'amour.

On est montés, et elle n'a même pas fait semblant de vouloir mettre un disque ou m'offrir un verre. Elle m'a embrassé, et pendant que je reprenais mon souffle elle est passée dans sa chambre et je l'ai suivie.

Je l'ai quittée le lendemain matin, et depuis je fais moins de cauchemars.

Je me douche et m'habille. Ça me prend toujours du temps. Pas de me doucher, de m'habiller. Mes parents possédaient un grand et luxueux magasin de vêtements et ils m'ont collé le virus de l'élégance.

Ma mère a même craint un moment que je devienne couturier, à cause des mœurs.

Pour aujourd'hui je choisis un pantalon en serge vert foncé, un pull col roulé marron, une veste en chevron dans les mêmes tons, griffée Armani comme le pantalon, et des boots marron glacé de chez Lœb. Et comme on se les gèle, un pardessus en cachemire noir qui descend aux mollets.

Malgré tout, ce matin le cœur n'y est pas. Pourtant vous pourriez conclure à la lecture de ce que vous venez de vous imposer que tout paraît baigner pour moi, et vous auriez raison.

D'autant que mon job me satisfait en général, que je dispose de revenus confortables qui me viennent de feu mon père, que j'ai atteint l'âge où les femmes vous prennent au sérieux (trente-six ans), jouis d'une très bonne forme physique et bénéficie d'une fossette au menton.

Mais chacun sait, et les psys en font leur miel, que les grands névrosés se dispensent de prétexte. Il faut ajouter que j'ai aussi une mère, comme tout le monde, et qu'elle occupe trop de place dans ma vie. Mais je ne vais pas me servir de ce prétexte rabâché pour justifier mes neuf années passées en analyse. D'autant que ma mère m'a préservé, selon elle, de nombreuses liaisons malheureuses et d'autant de déconvenues.

Je sors et traverse la place pour attendre le bus qui m'amène au commissariat du 9e Precinct où je tiens le rôle de lieutenant de la criminelle.

Le 9e Precinct n'est pas le commissariat le plus mal loti de la ville. Pas le mieux non plus. Ce qui fait qu'on y plonge alternativement les mains dans le sang de la classe moyenne, voire supérieure, et dans celui des paumés, en sachant que c'est le même.

Présentement le problème n'est pas là. Il est que le capitaine Thompson, pilier pendant trente ans du 9e et grand amateur de cigares nauséabonds, a cédé la place, à cause de l'épaississement de ses artères, à un nouveau capitaine, fringant et bilingue, Black au crâne rasé.

Cela ne serait pas dramatique si ce capitaine n'était pas en même temps raciste. Son ton de voix s'élève et se modifie contre ses inspecteurs à proportion de la pâleur de leur teint.

Vous me direz, rien de nouveau là-dedans, et vous aurez raison. Je ne vois pas pourquoi un Black ne serait pas aussi raciste qu'un Blanc. Seulement quand vous êtes blanc, c'est comme quand eux sont blacks. Et comme dans le commissariat il y a plus de Blancs que de Blacks, l'atmosphère s'en ressent.

Second point de frottement, et non des moindres, le capitaine Franklin, c'est son nom, en plus d'être antiblanc, est antisémite. Nous sommes deux juifs, moi et un sergent. Et une fois le sergent a failli lui casser la gueule. C'est moi qui l'ai retenu. Cette modération a surpris tout le monde. Bref, tout ça pour vous dire que j'ai comme chacun de vous des raisons de m'agacer et peut-être même de cauchemarder.

Mon acolyte est déjà à son bureau lorsque j'arrive. Mon acolyte s'appelle Mary Lasner, mesure un mètre quatre-vingt-deux sans talons et a été championne universitaire de lancement du disque. Ces détails pour vous empêcher de fantasmer sur une quelconque complicité amoureuse entre elle et moi telle qu'on en voit dans les téléfilms. Mais c'est un très bon flic.

— Salut, Mary, lançé-je en m'insinuant derrière ma pile de rapports qui n'a pas fondu durant la nuit.

— Salut, beau brun, répond-elle sans lever la tête.

Je ne suis pas arrivé depuis trente secondes que le capitaine Franklin ouvre sa porte et lance de sa voix profonde et chaude de chanteur de gospels :

— Goodman, dans mon bureau !

Comment résister au chant des sirènes ?

— Ton petit ami te demande, dit Mary sans cesser d'écrire.

Je rejoins le pourfendeur d'esclavagistes.

— Vous avez besoin de moi ?

Il est installé derrière la plaque de verre qui lui sert de bureau et qui est aussi nue que le dos de ma main, si l'on excepte trois téléphones, une rame de papier soigneusement alignée et un porte-crayon en céramique vert bronze. Derrière lui, accrochée en bonne place, la photo de l'athlète noir qui, aux jeux Olympiques de je ne sais plus quelle année, a levé le poing fermé ganté de noir pendant que résonnait l'hymne américain.

Il se rejette en arrière sur sa chaise, prend appui sur ses bras tendus sur la table, et m'examine. Lui aussi est coquet et aime bien chiper des idées.

— Vous vous la coulez douce en ce moment, lieutenant, hein ?

Quand c'était le capitaine Thompson qui me faisait cette remarque injustifiée, je me contentais d'un sourire du style : va te faire foutre. Depuis que c'est le capitaine Franklin, et à cause de ce qui précède, j'ai un peu perdu mon sens de l'humour.

— J'ignore d'où vous vient cette sensation.

Il se mord l'intérieur des joues, ce qui est chez lui la marque d'une vive contrariété.

Il ne m'a pas invité à m'asseoir et je suis debout devant lui, les mains croisées à la hauteur de ma braguette, l'œil morne.

— Sensation ? Oui...ou...plutôt...frustration. Frustration de ne pas avoir lu un seul rapport sur vos affaires en cours depuis...disons...une semaine. Hein ? Frustration, qu'en pensez-vous ?

— Ça peut aussi aller.

— Ouais.

— Je vous rappelle cependant que le sergent Lasner vous en a déposé un, pas plus tard qu'hier matin, concernant les vols opérés chez les confectionneurs, et que ce rapport disait, si ma mémoire est bonne, que nous n'attendions plus que le feu vert d'un de nos indics pour intervenir.

Il lâche ses joues et attrape sa lèvre inférieure à qui il fait subir le même sort.

— Parfait. Alors comme le sergent Lasner paraît s'en sortir très bien, je vais vous mettre sur une autre mission.

— Le sergent Lasner s'en sort effectivement très bien, mais la bande de voyous au bélier que nous devons arrêter va nécessiter plus d'un inspecteur.

— Fremont vous remplacera.

— Fremont ?

Devant mes yeux passent le visage chafouin et la silhouette étriquée du moins imaginatif des flics de l'endroit. De l'avis de tous, le détective Fremont aurait davantage sa place à tamponner les plis derrière un guichet de la poste qu'à se trimballer un .38.

Je me saisis à mon tour de ma lèvre inférieure.

— Vous n'avez pas l'impression que vous en faites un peu trop, là, capitaine ?

Je l'entends soupirer de satisfaction et son regard se nimbe de bonheur derrière les verres sans monture de ses lunettes.

— J'aime réellement, quand un...homme...comme vous prétend me dire ce que je dois faire. Est-ce inné ou acquis, ce besoin de donner des leçons ?

Il me sourit aimablement et j'en fais autant.

— D'après vous ?

Il baisse la tête et contemple sa rame de papier vierge. Ses bras sont toujours tendus comme des haubans ou des garde-fous.

— Vous savez que je ne vous aime pas, Goodman, lâche-t-il dans un souffle.

Je me contente de sourire, mais comme il regarde ailleurs ça lui échappe.

— Je ne vous aime pas comme homme, mais j'admets que comme flic j'ai vu pire.

— Moi, capitaine, je ne vous aime ni comme homme ni comme flic.

Du coup, il redresse la tête, et on s'offre un joli duel de mirettes. Le temps de remiser les rapières au fourreau, il déclare :

— N'empêche que j'ai le pouvoir de vous emmerder.

— Votre haine de tout ce qui n'est pas afro-américain, ça vient de quoi ? lâché-je négligemment.

Là, il gicle littéralement de sa chaise, et l'espace d'un instant je crois qu'il va m'allumer.

— Vous m'accusez de racisme ? grince-t-il.

— Possible. Le fait d'appartenir au mouvement de Farrakhan ne fait pas de vous un humaniste libéral.

— Qu'est-ce que vous savez de Farrakhan ? grince-t-il plus fort.

— Ce qu'en disent les médias. Antisémite forcené, anti-Blanc, phallocrate, se sert du mépris et de la haine de l'autre pour asseoir son pouvoir : du basique.

— Vous savez que je pourrais vous attaquer pour diffamation ?

— Non. C'est pas ce que vous cherchez. Vous cherchez à venger tous ceux de chez vous qui s'en sont pris et s'en prennent toujours plein la gueule à cause de leur taux élevé de mélanine. Mais au lieu d'être un pompier vous êtes un pyromane. Je connais plein de gars ici qui n'en avaient rien à battre de la couleur de la peau et qui maintenant broient du « noir ».

Il paraît désarçonné et je regrette un peu ce que je viens de dire.

— Bien. — Il se redresse, raide comme une barre. — Bien. Comme ça, vous et moi savons exactement à quoi nous en tenir, hein ?

Je hausse les épaules. Il va vers l'unique classeur de la pièce et en sort un dossier qu'il dépose sur la table.

— C'est pour vous, tout à fait dans vos compétences. — Il m'observe un instant par-dessus ses lunettes. — Un meurtre, vieux d'un an et demi, et qu'on avait classé faute de piste. Une fille de dix-neuf ans violée et tuée, massacrée, je devrais dire.

— Et pourquoi on réactive ?

— Jusque-là on ne savait même pas qui c'était.

— Et alors ?

— Maintenant on sait. Elle vivait dans la rue, sa

famille ne savait pas où elle était ou s'en fichait. D'un coup, ils ont décidé de se renseigner et se sont manifestés à la police. La fille a été reconnue sur photos parce qu'à chaque main il lui manquait le cinquième doigt, une tare de naissance. On n'a pas été longs à la repérer dans les fichiers.

— Ouais. Les indices ?

— Que dalle ! Je vous dis, c'est une affaire pour vous. D'autant que sa mère est la sœur du maire, et que se planter ferait vraiment mauvais effet.

J'ai donné rendez-vous à Julia chez mon copain Archie. Archie tient un bar de delicatessen sur Felton Street, une petite rue qui coupe Cambridge Street, tout près du Fogg Art Museum. Autant Cambridge est animée, autant Felton est calme. Ça n'empêche pas le bar d'Archie d'être toujours plein.

Archie doit frôler les soixante-quinze ans et possède un caractère de bouledogue, mais c'est mon meilleur copain. Il est né quelque part dans l'est de l'Europe, mais je crois qu'il a préféré oublier où.

Je crois aussi qu'il a été marié mais je n'en suis pas certain parce que ça fait partie de ce temps qu'il a enterré. S'il lui arrive de parler de lui il le fait en se servant d'histoires qu'il pêche dans les romans de Shalom Aleikheim ou Joshua Singer et où le simple d'esprit a le premier rôle.

Avec lui, il y a Rose. Rose est son infirmière, sa cuisinière, sa comptable, son garde du corps.

Archie est tout petit et Rose est très grande. Archie a un crâne rose tout lisse avec une frise de cheveux blancs qui lui recouvre les oreilles. Rose a un épais matelas de cheveux roux qui donnent l'impression que sa tête prend feu.

Quand j'arrive, Julia est déjà là et parle avec Archie. Le bar est bondé et Rose lance à Archie des coups d'œil furibonds parce qu'il ne prend même pas la peine de répondre aux demandes suppliantes de ses clients, et que la grande Rose est obligée de cavaler derrière le comptoir, les mains chargées de verres.

Dans la salle on n'est servi que si on va chercher sa consommation au bar. Quelquefois, on a la chance de rafler en même temps une assiette de *pickel fleish*[1] ou de pied en gelée et, si on est vraiment dans un bon jour, une soucoupe de cornichons au sel pour lesquels n'importe quel homme normal vendrait son droit d'aînesse.

— Je vous surprends, tous les deux, dis-je en me glissant derrière Julia et en la prenant dans mes bras.

— Tu arrives un peu tôt, dit Archie. J'étais à deux doigts de conclure.

— Quoi donc ? m'inquiété-je.

— Julia était sur le point d'accepter que je lui donne des cours de yiddish et de cuisine juive.

— Et pourquoi ferait-elle ça ?

— Pour plaire à ta mère, réplique Archie. — Il se tourne vers Julia : Sam vous a parlé de sa mère ?

— Un peu, répond Julia sur ses gardes.

— C'est une belle femme, enchaîne Archie, généreuse, bavarde...ah, oui, une bonne personne.

Il reste les yeux dans le vague et Julia me regarde et pouffe.

— Qu'est-ce que tu veux dire, vieux libidineux ? demandé-je.

— Qu'elle a le don rare de donner à un débris comme moi l'impression d'être un enfant. Vous savez

1. Charcuterie, poitrine de bœuf cuite au salpêtre.

pourquoi, ma jolie ? Parce qu'elle pense que tous les hommes sont...comment dit-elle déjà ? ah oui, des symphonies inachevées...ça fait qu'en réalité on ne vieillit pas.

— Qu'est-ce qu'il raconte ? me demande Julia.

— Tout ce charabia pour te faire comprendre que je serai toujours pour elle le petit garçon à sa maman et que la lutte risque d'être rude pour celle qui aura le bon goût de me choisir comme époux.

— C'est déjà arrivé ?

Je hoche la tête.

— C'est-à-dire que dès que ma mère me voit plus de deux fois avec la même femme, elle lance une enquête internationale.

— Charmant. Elle l'a fait pour moi ?

— Probablement.

— Et alors ?

— Elle garde secrètes ses informations pour me les distiller quand le danger lui paraît se rapprocher.

— Et là, il se rapproche ?

— Oh, oui, mais elle l'ignore.

— Allez vous asseoir, nous ordonne Archie, je vois une table qui se libère, grouillez-vous !

— Archie ! hurle Rose au même moment, tu me les fais ces saloperies de bagels au saumon ou il faut que j'aille le pêcher moi-même !

On se faufile avec nos verres jusqu'à un guéridon qu'on arrache à la barbe de deux yuppies furieux.

— J'adore Archie, dit Julia. Comment l'as-tu connu ?

— Oh, il y a longtemps. J'étais frais émoulu inspecteur quand Archie rapplique au commissariat cramponné par deux malabars de flics irlandais qu'il envoyait valser dans tous les sens. Il hurlait en yiddish qu'il allait leur foutre le feu au trou du cul, texto. Les Irlandais ont longtemps vécu avec les juifs dans les mêmes quartiers, et l'un d'eux comprenait ce que ce vieux fou gueulait. Bref, j'ai eu toutes les peines du monde à les calmer et à éviter qu'il se retrouve dans la cage avec un PV d'insulte à agents.

— Qu'est-ce qu'il avait fait ?

— Il s'était opposé à des voyous blancs qui s'étaient mis dans la tête de rosser un commerçant noir qui était son voisin.

— Tout seul ?

— Non, avec une batte de base-ball.

Après, Julia et moi on parle un peu de nous sans trop se rendre compte du brouhaha qui règne autour.

Je suis tombé presque immédiatement amoureux d'elle. C'est pour ça que ma mère ne la connaît pas encore. Julia est d'origine hispanique et sa mère va à l'église tous les dimanches.

— Tu as l'air soucieux, fait Julia.

— Oh, des soucis de boulot.

— Ton capitaine ? demande Julia qui connaît l'histoire.

— Oui, il me met en porte-à-faux.

— Parce qu'il est noir et que ça te gêne de dire que c'est un salaud ? Ça, c'est du racisme.

— Oui, soupiré-je, probablement. Mais ça m'énerve quand une victime de cette saloperie en devient supporter.

— Cool, chéri, ramène-moi plutôt à la maison, je voudrais faire l'amour.

Je suis allé payer au bar en évitant Archie qui m'aurait encore tenu la jambe. On a pris un taxi et on est rentrés chez elle où on n'a pas tout de suite fait l'amour parce que j'avais la tête farcie et que je ne voulais pas décevoir Julia.

C'est elle qui une fois de plus a pris l'initiative quand elle a compris que je n'étais pas capable de laisser mes tracas à la porte. C'est que je n'arrêtais pas de penser à cette gosse qui avait été tuée parce que ses parents étaient trop soucieux de gagner de l'argent pour s'occuper d'elle et la protéger.

Elle m'a déshabillé à demi et a baissé les lumières en n'en laissant qu'une qui donnait à sa peau mate des reflets satinés. Elle a fait glisser sa jupe et dégrafé le reste sans me quitter des yeux.

J'ai voulu m'approcher mais elle m'a repoussé et a commencé à se caresser, et j'ai vu son regard chavirer. Après, elle a consenti à ce que je la prenne dans mes bras et ma bouche et mon visage l'ont embrassée partout. Elle a joui quand j'étais à ses genoux, et ensuite ça a été la fête, et à un moment ses yeux ont changé de couleur et j'ai oublié la saloperie du monde.

On s'est réveillés assez tard, et après lui avoir apporté son petit déjeuner je lui ai dit que j'allais rendre visite à la famille de la jeune morte en lui expliquant l'histoire.

— C'est dimanche, a-t-elle objecté en buvant son jus de pamplemousse.

— Oui, et alors ?

Entre-temps, le drap avait glissé de ses seins et ils se dressaient devant mon nez en me faisant la nique.

Je me suis recouché, et quand je me suis relevé pour prendre ma douche il était trop tard pour rendre visite aux Crowley.

Julia nous a préparé des sandwichs au poulet accompagnés d'une bouteille de monterey blanc.

— Tu n'as jamais pensé que deux partenaires ça faisait court ? me demande-t-elle alors en fumant une cigarette.

— Ça faisait court pour quoi ?

— Dans un lit.

— Je ne comprends pas.

— Tu n'as jamais eu une relation sexuelle triangulaire ?

— Heu…non. Et toi ?

— Oui.

— Ah ? Deux hommes avec toi ?

— Deux hommes ou une autre femme. Avec toi, ce serait une autre femme, j'imagine.

Je la regarde. Elle est sérieuse.

— Qu'est-ce que c'est que cette histoire ?

— Ça te choque ?

Oui, ça me choque, mais je n'ose pas le lui dire.

— Quel intérêt ?

— Deux femmes qui s'occuperaient de toi.

— Tu l'as fait souvent ?

— C'est arrivé quelquefois.

Je m'assois et remonte le drap sur moi, style vieille fille effarouchée.

Elle me pose la main sur la poitrine.

— Si ça ne te plaît pas, on laisse tomber.

— Parce qu'avec moi ça t'est venu à l'idée ?

— Je n'y pense que lorsque j'ai du plaisir avec un homme. Pour le multiplier en quelque sorte.

Je me sens largué. Plus que largué. Malheureux. J'avais l'impression qu'avec Julia c'était autre chose. Je ne veux pas jouer les puceaux mais pour moi une relation amoureuse ne se réduit pas à des rites sexuels. J'ai parfois conscience de ne pas être tout à fait dans le coup mais je n'arrive pas à me décrocher de l'idée que s'aimer c'est partager autant la joie, le plaisir, que les valeurs ou les idées. S'aimer, c'est la chose la plus facile et la plus difficile du monde. La vie prend des couleurs d'arc-en-ciel mais on meurt de trouille de voir rappliquer les nuées noires. J'avais déjà aimé, j'avais déjà souffert, je m'étais déjà trompé, en bref j'avais vécu.

Mais Julia était la première femme avec qui je voulais vieillir.

Elle s'occupe de casting pour le théâtre et la télé et elle m'a fait connaître un monde différent. Ses amis me plaisent par leur liberté d'esprit et leur façon un peu dingue de prendre la vie. Ça m'aère la tête, ça me change des tordus qui sont l'ordinaire de ma clientèle. Quand je suis avec elle j'ai l'impression que la vie peut aussi être marrante. Comme un cancérologue qui s'aperçoit qu'il y a dans le monde des gens en bonne santé.

Je me lève et elle se rend compte du froid qui s'est glissé entre nous. Elle me rattrape par la cuisse.

— Excuse-moi, je croyais...oh, laisse tomber !

— C'est pas ça, mais il faut que je me sauve, dis-je en regardant l'heure à ma montre.

Elle se recouche et je vais me préparer dans la salle de bains. Quand je ressors elle n'a pas bougé. Je ne trouve rien à dire à part :

— On s'appelle dans la semaine ?

Elle me fait un pauvre sourire et je vois des larmes briller dans ses yeux.

— Je ne veux pas te perdre, Sam, me dit-elle.

— Me perdre ? Et pour quelle raison ?

Elle hausse les épaules et encore une fois le drap glisse sur sa poitrine. Mais je ne sais pas pourquoi, ça ne me fait plus le même effet.

— Je suis une conne !

Et moi un con, pensé-je.

— Allez, on s'appelle, dis-je en lui déposant un baiser sur les lèvres. Les malentendus ça se dissipe.

— J'ai cru que ça te plairait...

— Eh bien, laisse-moi le temps d'y penser. À plus tard.

À Boston, les dimanches ne sont pas plus gais

qu'ailleurs. On croise des joggers et des couples qui s'emmerdent. Les boutiques font la gueule et les rues n'ont plus de charme.

Je rentre chez moi en traversant le square et je salue une petite vieille que je connais et qui se chauffe au soleil.

Je voudrais bien aussi me réchauffer.

LES Crowley habitent le quartier résidentiel de Marblehead Neck où la plus modeste baraque coûte un million de dollars. La leur, quoique moins prétentieuse que je m'y attendais, ne fait pas exception.

Elle n'a pas d'étage et veut se donner l'air d'une vraie maison de campagne avec un parc travaillé style jardin à la française. Les pelouses ressemblent à des moquettes et des buissons d'arbustes, natifs des îles Pitchi Poï [1], y jaillissent dans un savant désordre.

Je remonte l'allée de marbre ocré qui mène à l'entrée, salue au passage un jardinier occupé à arracher ou planter, et sonne à la porte de bois naturel et massif.

Un Philippin en veste blanche vient m'ouvrir et je lui dis que j'ai rendez-vous avec M. Crowley.

Il acquiesce silencieusement et me fait pénétrer dans un salon vaste et luxueux qui communique directement avec une terrasse cernée aux quatre coins de vierges géantes en marbre rose, prolongée en contrebas d'une piscine de taille olympique plantée de para-

1. Lieu imaginaire de l'imagerie yiddish.

sols jaunes comme dans les hôtels d'Acapulco, bien que le climat de cette fin octobre ne soit pas celui d'une plage mexicaine.

Il referme la porte qui s'ouvre derechef devant ce qui doit être le maître de maison.

Qui s'avance vers moi la main tendue.

— Lieutenant Goodman ?

— Monsieur Crowley ?

On opine de concert.

— Je vous en prie, asseyez-vous, m'invite-t-il en prenant place au milieu d'un grand canapé de cuir rouge pompier.

— Merci, dis-je en m'enfonçant dans son alter ego en cuir blanc laiterie.

— Je suis content que l'enquête ait été reprise, dit-il d'un air las.

— Elle avait été abandonnée faute d'avoir pu identifier la victime qui n'a jamais été signalée comme disparue.

Il me fixe, désarçonné du ton employé. Je n'ai pas pu m'empêcher de répondre vertement parce que je l'ai vraiment en travers que des parents aient attendu si longtemps avant de s'inquiéter de la disparition de leur fille.

Pourtant Crowley ne correspond pas à ce que j'attendais. Il n'a rien d'un flambard ou d'un jobard, seulement d'un type dépassé par les événements. Son visage est triste comme son costume et sa cravate. Il ressemble à un comptable d'une société de pompes funèbres.

— Vous voulez boire quelque chose ? me propose-t-il.

— Non, merci. Je voudrais vous poser certaines questions. D'abord votre femme est-elle là ?

— Oui, elle va descendre. Elle se repose. Elle

a...nous ne savions pas que notre fille était...décédée. C'est très dur.

Je remarque à ce moment-là qu'il n'a que quatre doigts à la main droite. La tare est de son côté.

— Je sais ce que vous pensez, dit-il en se redressant. Que nous avons attendu un peu trop longtemps avant de nous inquiéter. Il faut que vous sachiez...

La porte qui s'ouvre l'interrompt, et Mme Crowley fait son entrée. Rien à voir avec son mari. C'est une ex-blonde flamboyante qui ne s'est pas aperçue que le temps passait. Si son mari est habillé comme un postier endimanché, elle porte une robe que Julia Roberts aurait adorée. Satin jaune paille, coupée façon tunique chinoise, montant jusqu'au cou et fendue sur un côté. Pas la tenue d'une mère éplorée.

— Bonjour, dit-elle en s'installant sur le canapé rouge.

Je me lève et me rassois.

— Bonjour, madame.

En d'autres temps, j'aurais présenté mes condoléances et dit combien j'étais désolé de leur malheur, mais les mots ne me viennent pas. Seule la douleur du père paraît sincère.

Elle prend une cigarette dans une boîte posée sur la table basse qui nous sépare de cinq bons mètres, et attend que son mari la lui allume.

— C'est vous qui reprenez l'enquête ?

Juste à entendre sa voix, on se rend compte de sa vulgarité. Pourtant on sent qu'elle l'a travaillée.

— Oui, et je ne vous cacherai pas les difficultés liées principalement au temps qui s'est écoulé entre...l'assassinat de votre fille et maintenant.

Lui accuse le coup, pas elle. Le sentiment de culpabilité ne faisait pas partie du packaging de sa naissance.

— Vous avez des enfants, lieutenant? demande-t-elle.

— Non, madame.

— Parce que vous sauriez combien il est difficile de surveiller une jeune fille de dix-neuf ans qui a décidé qu'elle était assez grande pour vivre sa vie. Nous n'avons aucun moyen légal. Nous les parents, nous ne pouvons qu'accepter.

J'ai envie de lui balancer une beigne. Qu'une gamine de dix-neuf ans ait eu envie de quitter une vie aussi confortable pour aller zoner ne paraît pas la troubler.

— Vous vous entendiez bien avec elle ?

Elle hésite à répondre. Lui, garde la tête baissée, le regard posé sur ses lacets de chaussures. Ses mains pendent entre ses jambes.

— Les adolescents ne sont pas faciles à comprendre, lâche-t-elle enfin. Par exemple, elle ne nous disait jamais avec qui elle sortait. Et si nous insistions elle nous envoyait promener.

— Quel genre d'études suivait-elle ?

— Elle les avait lâchées. Depuis un an elle ne faisait rien.

— Et vous n'interveniez pas ?

— De quelle façon ?

Elle hausse les épaules et écrase sa cigarette.

Je me tourne vers le mari.

— D'après vous, où rencontrait-elle ses amis ?

— Nous ne l'avons jamais su, réplique sa femme en reprenant une cigarette et en l'allumant elle-même. Parfois l'un ou l'autre venait la chercher pour sortir, des jeunes gens normaux, enfin je veux dire...rien qui nous laissait penser qu'ils se droguaient ou autre.

— Pourtant votre fille se droguait.

— Pas tant qu'elle était chez nous.

— Qu'en savez-vous ?

Elle a un haut-le-corps à cause du ton. Elle a peut-être cru que son statut de sœur du maire allait la préserver.

— Donnez-moi les adresses et les noms des jeunes gens qu'elle fréquentait, demandé-je en sortant mon carnet.

Ils se regardent et je comprends qu'ils l'ignorent. La colère me reprend.

— Alors pendant un an et demi vous n'avez eu aucune nouvelle de votre fille et ça ne vous a pas inquiétés ? Vous ne vous êtes jamais demandé de quoi elle vivait ? Et avec qui ? Et en faisant quoi ?

— Je lui avais ouvert un compte bancaire que j'alimentais régulièrement, dit vivement M. Crowley. Elle avait de quoi vivre.

— Et vous n'avez jamais eu ni la curiosité ni l'idée de demander à la banque de vous prévenir quand elle s'y rendait ?

— Elle n'allait jamais à la banque, elle se servait de sa carte. Je n'avais aucune raison de la poursuivre. Elle était majeure. Et…et nous n'avions pas envie d'étaler…

— Et vous n'avez jamais eu l'idée non plus d'arrêter vos versements pour qu'elle réagisse et qu'elle prenne éventuellement contact avec vous ?

— Elle ne l'aurait pas fait, dit Mme Crowley de sa voix de fumeuse.

— Qu'en savez-vous ?

— Je le sais, renvoie-t-elle en haussant les épaules.

— Vous saviez aussi qu'elle risquait d'être violée et tuée ?

Tous les deux sursautent et me regardent. Regards très différents pour l'un et l'autre.

— Donc, vous ne pouvez me donner aucun nom,

me fournir aucune piste… Elle ne vous a jamais téléphoné ? — Ils secouent la tête. — Je vois, dis-je en refermant sèchement mon carnet et en me levant.

M. Crowley se lève aussi. Il ose à peine me regarder. Ce couple est une véritable calamité. Leur détestation réciproque a la taille d'une montagne.

— Savez-vous si elle rencontrait d'anciens camarades de son collège ?

— Je suis certaine que non, répond sa femme, elle les a toujours trouvés sans intérêt.

— Filles et garçons confondus ?

— Elle ne fréquentait pas de filles.

— Elle n'avait pas d'amies filles ?

— Non.

— Et ça ne vous…vous trouviez normal qu'une jeune fille qui va au collège n'ait pas une amie ?

— Je n'en ai jamais eu non plus, répond-elle.

— Bien. Je vous laisse. Si quelque chose vous revenait, appelez-moi. Je repasserai sûrement.

En fin de compte ça s'est arrangé avec Julia. Elle m'a téléphoné le mardi et nous sommes sortis avec un couple de ses amis avec qui je m'entends plutôt bien.

Lui, Brian, est réalisateur de films pour la TV et sa femme Suzan est monteuse. C'est un couple de notre âge avec deux enfants, une fille et un garçon. Brian est plutôt introverti, contrairement à sa femme. Julia m'a dit que leur ménage traversait actuellement une zone de tempête parce que Brian devenait de plus en plus renfermé.

Le fait est que, durant le repas pris dans un Tex Mex, il n'a pratiquement rien dit. À un moment, sa femme lui a demandé s'il avait peur d'avaler une mouche pour garder ainsi la bouche fermée, et j'ai cru qu'il allait la gifler. Il a rougi, pâli, et a failli quitter la table.

On s'est séparés tout de suite après le repas, et Julia m'a demandé de rester avec elle. J'ai refusé parce que l'enquête sur la jeune Crowley m'apparaissait, une semaine après son début, vouée à l'échec, et que ça me déprimait, ou peut-être à cause de ce que Julia m'avait proposé le dimanche précédent.

Toujours est-il que je l'ai raccompagnée et suis reparti avec le même taxi.

— Tu m'en veux toujours ? m'a-t-elle demandé alors que je l'embrassais pour lui dire bonsoir.

— De quoi ?

— Tu sais bien.

Je n'ai pas répondu immédiatement parce qu'à vrai dire je n'en savais rien. J'avais été douché et je m'en voulais.

Elle m'avait très vite séduit précisément à cause de la liberté et de l'originalité qu'elle manifestait en toutes choses, et la première fois que j'étais confronté à cette originalité, j'adoptais une attitude de fuite.

— Non, je suis sur une affaire où j'ai peur de me planter. Franklin me l'a confiée pour que je me casse la figure.

— Pourquoi est-ce si difficile ?

— Parce que nous n'avons absolument rien. La première enquête a été bâclée car il y avait cette vague de crimes dans le quartier coréen, et que les flics ont pensé que cette fille était une prostituée victime d'un de ses clients. Ses vêtements et son maquillage outrancier le laissaient supposer ; les gars n'avaient pas envie de se casser la tête pour une morte anonyme, surtout une pute. C'est depuis que l'on sait que c'est la nièce du maire que ça s'affole. Cet enfoiré de Franklin a proposé mon nom pour diriger l'enquête, sachant que que j'avais toute chance d'aller dans le mur. Il veut me sabrer, c'est tout. Et ça m'emmerde de lui en donner l'occasion.

— Tu as encore besoin de faire tes preuves ?

— Je ne veux pas que ce soit lui qui me descende. Tu ne peux pas comprendre.

— Ah, bon. Donc, tu ne veux pas monter ?

— Pas ce soir, je voudrais revoir toute l'affaire.

— Comment as-tu trouvé Brian et Suzan ?

— Mal. Brian m'a mis mal à l'aise. J'ai cru un instant qu'il allait frapper sa femme. Tu les connais depuis longtemps ?

— Suzan ? Oui. Lui, depuis qu'ils sont mariés, c'est-à-dire six ans. À vrai dire, je ne l'ai jamais senti vraiment. On dirait qu'il se trimballe un secret ou je ne sais quoi et qu'il porte le poids du monde sur les épaules.

— Tu en as déjà parlé à Suzan ?

— Bien sûr, mais elle a ri. Elle prend Brian pour un intellectuel tourmenté. Ça, c'est tout elle.

— Bon, je t'appelle demain, dis-je en redescendant les marches de son perron.

— Sam…

— Oui… ? dis-je en me retournant.

— Je tiens à toi.

— Moi aussi. Dors bien.

JE déjeune chez ma mère quand mon portable sonne.

— Oui ?

— Ici le capitaine Franklin, rappliquez immédiatement au commissariat.

— Je déjeune.

— Ne prenez pas de dessert !

Il coupe, et je soupire en regardant ma mère qui n'a pas levé les yeux de son assiette. Je sais ce qu'elle pense.

— C'était Franklin, dis-je platement.

— J'ai compris.

Normalement, je ne déjeune pas en semaine chez ma mère. Mais elle part se reposer en Floride et avant son départ elle a essayé une nouvelle recette hongroise qu'elle tenait absolument à me faire goûter.

J'aime moyennement le paprika, mais quand il est partout je le déteste. Allez faire comprendre ça à ma mère qui est persuadée que c'est seulement quand je mange chez elle que je m'alimente normalement.

Heureusement que Spartacus (c'est son gentil toutou de quatre-vingts kilos qu'elle doit abandonner la mort dans l'âme en pension) a saisi d'où allait tomber la manne, et c'est lui qui, vautré à mes pieds, se tape depuis le début mes pirojki.

— Bon, je dois y aller, je suis désolé, dis-je en me levant.

Elle me foudroie du regard.

— Si tu étais resté avocat au lieu de devenir fonctionnaire de police, crache-t-elle en pinçant les lèvres de dégoût, non seulement tu ne serais pas obligé de répondre comme un domestique au coup de sonnette de cet antisémite de Noir, mais tu pourrais lui faire un procès pour injure raciale !

— Il ne m'a pas injurié, il m'a demandé de rejoindre le commissariat.

— Et il a choisi pour le faire le seul moment où tu peux te détendre et t'alimenter comme un homme normal !

— Écoute, maman, tu sais très bien pourquoi je n'ai pas voulu être avocat, ça fait plus de dix ans que tu le sais. Si j'étais resté avocat, mon estomac ne serait plus maintenant qu'une boule de fibres nerveuses même si j'avais mangé chez toi à tous les repas.

» Pour chaque affaire je me serais demandé si le type que je défends, bec et ongles, ne devrait pas dans l'intérêt de la société être retiré de la circulation, ou encore, est-il juste que ce type trop fauché pour se payer un bon avocat soit condamné, alors que la crapule avec pognon va s'en tirer ? Au moins, comme flic, je n'ai pas ce genre de cas de conscience. Je mène une enquête, je réunis les faits, j'interpelle le suspect si c'est possible, et basta. Tu comprends ?

— Évidemment, je ne suis pas idiote, mon fils ! Avec le risque quand tu « interpelles », comme tu dis, ces malfrats et ces voyous, d'être blessé ou pire ! Mais ce n'est pas grave que je me ronge les sangs, n'est-ce pas ? J'ai un seul fils, et il a choisi le métier le plus idiot qui soit, et en plus c'est un antisémite qui lui donne des ordres ! Ton père n'a jamais accepté un ordre de quiconque !

— Sauf de toi.

— Quoi ?

— Rien.

— Jamais il n'aurait toléré qu'un fils d'esclave se permette de le sonner comme une cuisinière !

— Attention. Double délit. Discrimination raciale et mépris à caractère social. Deux mille dollars d'amende ou un mois de prison.

— Ach, laisse-moi tranquille, tiens ! Tu me feras mourir d'inquiétude. Je me demande bien pourquoi ! Vis ta vie, mon fils, ne t'occupe pas de moi ! Moi, je ne compte déjà plus ! Ne t'en fais pas, je ne vais plus t'embarrasser très longtemps !

— Dans notre pays, il est rare qu'une femme, à qui l'on affirme à chaque check-up bisannuel qu'elle a une santé pour vivre cent cinquante ans, meure avant la date limite, à moins de passer sous un tramway.

— Tu le regrettes, peut-être ?

Les grognements de bonheur de Spartacus en train de ronger les os de côtelettes m'offrent une diversion.

— Il semblerait que, tout comme moi, Spartacus apprécie ta nouvelle recette.

— Toi ? Tu n'as rien mangé ! C'était pourtant délicieux. Je ne sais jamais quoi faire pour te faire plaisir !

— Bonnes vacances, maman, dis-je en l'embrassant. Repose-toi bien et embrasse tante Betty et oncle Paul pour moi.

— Ils voudraient bien te voir !

— Une autre fois, c'est sûr.

Ils me raccompagnent tous les deux à la porte, ma mère et Spartacus, et même la dame qui s'occupe de la maison me fait un geste d'adieu navré de la main.

Je sors affronter le fils d'esclave.

JE le trouve au milieu des autres flics en train de pérorer. Mon arrivée interrompt son discours.

— Vous y avez mis le temps !

— Excusez-moi, je déjeunais chez Francis (le restaurant le plus cher de Boston), et le temps de déguster le soufflé et de signer l'addition, et me voilà.

Il me fusille des yeux tandis que les autres flics se marrent. Surtout le sergent Finkelstein.

— Eh bien je vais vous montrer quelque chose qui va vous faire digérer ! déclare-t-il en faisant volte-face vers une rangée de photos épinglées sur le tableau mural.

Effectivement, les pirojki manquent de refaire surface. Il y a là six photos. Six clichés noir et blanc du corps et du visage d'une femme ou plutôt de ce qu'il en reste. Le visage surtout a été travaillé. Les joues et les lèvres ont été prélevées, et le crâne scalpé. La peau a été retroussée sur le front tandis qu'une entaille circulaire s'aperçoit en haut de la nuque. À côté du corps une perruque blonde est posée. Sur une des photos elle recouvre le crâne de la malheureuse.

— La victime a été retrouvée dans cet état il y a trois jours, coiffée de la perruque. C'est en l'ôtant que les inspecteurs ont découvert le crâne, déclare Franklin. Elle n'a pas été violée.

Je ne comprends pas pourquoi il m'a appelé. La nièce du maire n'a pas été mutilée, mais violée, et avait conservé ses cheveux. On lui avait juste modifié le nez.

— Où a-t-elle été trouvée ?

— Dans le cimetière de Martha's Vineyard, répond Franklin. On sait qui c'est : elle faisait de la figuration dans des sitcoms et dans des pubs. Marylin Basheing. Arrivée à New York il y a un an, elle débarque ici six mois après pour un petit boulot. Droguée, paumée, une proie facile pour n'importe qui. Dernière adresse connue : Battery Salutation, 2145. Elle fréquentait le Hatch Shell pour dégoter des rôles. C'est son dernier petit ami qui au bout d'une semaine a signalé sa disparition.

» Les inspecteurs du 11e Precinct ont d'abord été chargés de l'affaire, mais comme tout le monde est au courant pour la nièce du maire ils nous ont refilé le bébé. Voilà, lieutenant Goodman, achève-t-il en se tournant vers moi. Ça commence à s'éclaircir, n'est-ce pas ?

— Ah bon ? marmonné-je.

— La même façon d'opérer ou presque dans les deux cas.

— Avec un an et demi entre les deux meurtres. L'une violée, l'autre pas. Une à qui on a coupé le nez, l'autre qu'on a charcutée et scalpée, ce qui n'est tout de même pas courant. On a interrogé le petit ami ?

— Oui, j'ai ici le rapport des enquêteurs. Apparemment ça n'a rien donné. C'était un couple moderne, chacun étant libre de son cul, comme il l'a déclaré aux inspecteurs.

— Pourquoi alors a-t-il signalé sa disparition ?

— Parce qu'elle avait rendez-vous avec un producteur qui lui avait promis un rôle dans un film. Il s'est étonné de ne pas la voir réapparaître.

— C'est qui le producteur ?

— Il n'en sait rien.

— Bien, bien, bien. Effectivement tout devient clair, déclaré-je sournoisement.

— C'est sûrement le même type, dit l'inspecteur Welling qui aime bien donner son avis quand on ne le lui demande pas.

— Effectivement ça m'aide. La première victime, personne, pas même ses parents, n'est foutu de me dire qui elle fréquentait, et celle-ci fréquentait tellement de monde que personne n'est foutu de dire qui elle a vu.

À ce moment, un flic qui était allé répondre au téléphone du bureau de Franklin revient, pâle comme un pet.

— Capitaine...

— Oui ? grogne Franklin qui n'aime pas être dérangé quand il est au milieu de sa cour.

— Le sergent Lasner...

— Quoi, le sergent Lasner ?

— Elle est à l'hosto avec une balle dans la cuisse.

— Hein ?

— Qu'est-ce que tu dis ? Mary ? Mais pourquoi ? demandé-je au flic.

Les collègues me regardent d'un air gêné.

— Elle intervenait aujourd'hui dans l'affaire des casseurs au bélier, m'explique Finkelstein qui a pâli aussi.

Je me tourne vers Franklin.

— Pourquoi vous ne m'avez pas prévenu ? J'avais le temps de m'en occuper au lieu de l'envoyer au casse-pipe avec cet empoté de Fremont !

Ses yeux papillonnent derrière ses lunettes.

— Depuis quand je dois vous demander l'autorisation pour envoyer un inspecteur en mission, lieutenant Goodman ?

— C'est elle et moi qui étions sur cette affaire, fulminé-je, je vous l'ai dit que c'étaient des toquards !

— Qu'est-ce que vous en savez que c'est la faute de Fremont ?

Juste à ce moment, l'intéressé débarque dans le commissariat. Il a l'allure d'un chien qu'on aurait sorti de l'eau. On se tourne vers lui et il pige à voir nos mines qu'on est au courant pour Mary.

— D'où vous venez ? lui crie Franklin.

— De l'hôpital, marmonne Superman. Mary Lasner a reçu une balle dans la cuisse.

— Ça on sait ! Comment va-t-elle ? demandé-je en le secouant.

— On l'opérait quand je suis parti, chuchote-t-il.

— Qu'est-ce qui s'est passé ? interroge Franklin.

Moi je m'en tape de ce qui s'est passé, il faut que je voie Mary.

— Elle est dans quel hôpital ? crié-je en passant la porte.

— San Michael, répond Fremont. Mais ils ne vous la laisseront pas voir, elle est en salle d'op.

Je dégringole les marches et hèle un inspecteur qui vient juste de se garer.

— Emmenez-moi à San Michael, grouillez !

Il pige au quart de tour.

— Pour Mary ?

— Oui.

— J'étais sur le coup.

— Ah bon ? Qu'est-ce qui s'est passé ?

Il s'insinue dans la circulation en actionnant sa sirène et ne me répond pas immédiatement. C'est un nouveau, ça fait à peu près trois mois qu'il est là. Il débarque de Denver et en a déjà vu de dures. Il est noir et s'appelle Rome. Jimmy Rome. Un chouchou de Franklin, mais c'est un brave type.

— Alors, qu'est-ce qui s'est passé ?

Il a l'air emmerdé et je me demande pourquoi. Est-ce que Mary aurait fait une bêtise ?

— On était en planque, raconte-t-il. Le détective Lasner était en pointe près des portes de l'entrepôt en compagnie d'un collègue qui avait un fusil. Elle nous avait dit de laisser les gars commencer le casse pour les prendre en flag et pas avoir d'emmerdements ensuite. D'après l'indic, ils devaient profiter de la fin du marché et de la foule pour opérer et se barrer. Donc, ordre de pas tirer ou alors à coup sûr. Les casseurs avaient sûrement gambergé que même si y avait des poulets on ne pourrait rien faire par peur de descendre un passant.

— Alors ?

La circulation est dense et Rome a de la peine à avancer. Il s'énerve et klaxonne en plus de la sirène, mais les gens ont quand même du mal à se bouger.

— Alors ?

— Alors les mecs arrivent. Camion bélier. Ils se positionnent à distance. Mary, enfin le sergent Lasner, nous ordonne de rester planqués, et soudain ces enfoirés foncent comme des dingues dans la foule. Panique générale, mais le gus au volant est un super-fortiche. Il n'accroche rien et le camion s'enfonce dans la vitrine du magasin comme dans du beurre. Coups de feu, mais on s'aperçoit que comme d'hab ils tirent en l'air pour semer la panique.

» Mary donne l'ordre d'avancer en restant couvert. Mais Fremont, d'après ce qu'il a dit après, se trouve en position de faire feu. Il tire. Ses balles vont se loger on ne sait où, mais les gus se retournent vers nous et commencent à nous canarder. Une mémé cavale, complètement affolée, ça tiraille dur. Mary, voyant que la petite vieille va écoper, sort de sa planque en vidant son chargeur et se couche sur elle.

» C'est là qu'elle prend une balle dans la cuisse. Entre-temps, les casseurs plantent là le camion et se tirent sans qu'on puisse rien faire à cause de cette putain de foule !

Je m'en doutais ! Tout ça c'est à cause de ce con de Fremont ! Et pas seulement de Fremont. À cause de ce super-con de Franklin !

On arrive à San Michael et on apprend que Mary est en salle de réveil. Je chope le toubib qui a opéré et il me dit que ça s'est pas mal passé.

— Elle est costaud, mais elle a pris du gros calibre, dit-il.

— Alors ?

— Ben, elle risque de rester...heu...elle risque de boiter.

De rage, je file un coup de poing dans le mur, juste à côté de la tête du toubib qui verdit. Rome est dans le même état. Lui, ce sont ses lèvres qui sont blanches.

Mary est appréciée de tous parce qu'elle est super-franche et loyale. Jamais un coup bas. Une patience à toute épreuve avec certains connards de machos de flics, alors qu'elle pourrait en prendre un sous chaque bras et partir avec. Une super-nana. Une accro du sport et elle va rester boiteuse ! Il y a deux ans, elle est arrivée 1123e sur 40 000 au marathon de New York.

— Vous êtes sûr ?

Il grimace.

— On peut avoir une bonne surprise...

— On peut la voir ?

— Elle n'est pas encore réveillée. Ce soir, si vous voulez.

On se regarde avec Rome, je marmonne in extremis un « merci » au toubib et on repart. On s'assoit dans la bagnole sans démarrer.

— Je vais lui éclater la tête, je marmonne, les yeux fixés devant moi.

— À qui ? Fremont ou Franklin ? demande Rome dans la même position.

Je me tourne vers lui.

— Qui est responsable, d'après vous ?

— Franklin, il répond dans la foulée. Il sait que Fremont est une tache, il l'a fait pour vous emmerder. — Il me regarde. — Croyez pas que je sois d'accord avec ses options parce qu'on est tous les deux bronzés. Je sais ce qu'il pense, pas moi. Farrakhan et sa clique de fachos demeurés, je les emmerde ! Il y a des pourris de Blacks et des mecs impecs. Pareil chez les visages pâles. C'est grâce à un ami blanc de mon père que j'ai pu faire des études. Et c'est un juge blanc qui a évité à mon frère d'aller en tôle pour une connerie d'où il serait ressorti pourri à son tour. Alors, voyez...le juge s'appelait Levy.

— OK, Rome, je lui casse la gueule à Franklin ?

— Ça vous avancera à quoi ? Elle l'a, sa bastos dans la patte, la pauvre Mary, et Fremont il va sûrement aller faire ses conneries ailleurs. Il y a toujours une enquête quand un flic est blessé. Je dirai ce que j'ai vu.

On continue de se regarder et j'ai la sensation de respirer mieux.

— Ça te dirait de prendre un verre chez un vieux juif de mes copains, Rome ?

— S'il me file pas un morceau de carpe farcie dans ma bière, j'ai rien contre.

Le petit ami de Marylin est chargé comme une locomotive quand je vais le voir. Je ne suis pas seul, Rome m'accompagne. J'ai demandé à Franklin de le mettre sur l'affaire avec moi et, comme le cher homme se sent le nez sale avec l'histoire de Mary, il n'a pas osé refuser.

— C'est vous qui avez signalé la disparition de votre amie ? demandé-je en m'installant de guingois sur une caisse renversée.

Il habite une sorte de cabane sur les quais ouest de la rivière Charles, un coin à clodos. Il n'a pas vingt ans mais en paraît le double.

— Ouais…consent-il en reniflant.

— Vous habitiez ici avec elle ?

— Nan. Enfin, ça dépendait.

— De quoi ?

Il me regarde de ses yeux larmoyants et renifle un grand coup.

— Faut que j'sorte.

— OK, juste un moment. Ce type qu'elle a rencontré, celui qui devait lui donner un rôle, c'était qui ?

— J'sais pas, dit-il en se levant.

Rome le fait rasseoir.

— Faut qu'j'sorte !
— Oui. Dis-moi juste ce que tu sais et tu sors.
— J'sais pas qui c'est ! Un mec de la télé qui fait des films ! Sûrement un plan à la con ! Elle l'a rencontré une première fois et y lui a filé un rencart pour discuter. Y disent toujours qu'y vont donner des rôles et en fin de compte t'as jamais rien !
Je le regarde en me demandant quel genre de rôle un producteur pourrait donner à ce garçon. Il a été blond dans le temps, mais maintenant ses cheveux collés par la sueur n'ont plus de couleur. Son nez coule en permanence, il est urgent de l'envoyer en désintoxication.
— Bon. Donc, elle t'en a parlé et elle t'a dit comment il était ?
— Ben, non.
— S'il était jeune, vieux, ce qu'il produisait, des trucs comme ça, hein ?
— Que dalle ! À mon avis c'était du flan.
— À cause ?
— Pasque le mec elle l'a trouvé vachement pas fiable. Pas vieux. Et à c't'âge-là t'as pas de poste de décideur. C'est pour ça qu'à mon avis c'était du flan.
— Bon, disons un homme jeune, et à quoi il ressemblait ?
— J'sais pas ! Elle m'a rien dit là-d'ssus !
— Elle t'a dit s'il était gros, séduisant, blond, brun, une manière de parler…
— Nan, rien j'vous dis !
— OK, ça peut te revenir, et en attendant on va t'emmener à l'hôpital, t'as besoin d'être soigné…
Je n'ai pas le temps de finir ma phrase qu'il bondit de sa caisse, bouscule Rome et fonce comme un dingue à l'extérieur.
— Et merde !

Je sors de la même façon, Rome dans la foulée, mais le gosse a déjà disparu dans les entrepôts à moitié écroulés et, vu la faune, on a peu de chances d'être renseignés sur lui.

— Et merde ! Quel crétin je suis !

Rome secoue la tête.

— Tout' façon on n'en aurait rien tiré de plus que les collègues. Ça valait le coup d'essayer de le soigner.

Gentil, Rome. Pas le genre à tirer sur une ambulance.

Archie a fait son numéro quand je l'ai emmené à son bar. Il a voulu absolument lui faire goûter du pied en gelée et du bortsch à la betterave, tout frais. Il ne s'est pas dégonflé et a juste calé sur le hareng écrasé dans une sauce au raifort accompagné de thé noir et bien sucré.

On reprend la voiture, étonnés d'avoir encore nos pneus. Il y a longtemps que je n'ai pas travaillé avec quelqu'un. Depuis que mon pote Changway s'est fait descendre, il y a trois ans[1]. Mary ne venait avec moi que sur certains coups.

Je m'étais bien habitué à travailler en solitaire, même si ça ne plaisait pas vraiment à la hiérarchie qui aime savoir ce que font ses inspecteurs. Mais je bénéficiais jusqu'à l'arrivée de Franklin d'un statut privilégié dont je ne me privais pas.

Le capitaine Thompson et moi, nous avons travaillé ensemble une bonne dizaine d'années, avec des hauts et des bas, mais toujours dans une estime réciproque. C'était une grande gueule mais il avait bon cœur et gardait la tête froide en toute circonstance. Ce n'est pas lui qui aurait risqué la vie d'un de ses flics pour en emmerder un autre.

---

1. *Gémeaux*, éditions Viviane Hamy.

Tout en revenant vers le centre je pense à ça et me demande si je vais pouvoir rester avec Franklin. Je me plais pourtant bien au 9e, j'y ai mes habitudes. Les autres flics sont dans l'ensemble plutôt chouettes et on s'épaule bien les uns les autres.

Au point de vue hiérarchie, je suis immédiatement sous Franklin. J'ai refusé le poste quand Thompson est parti parce que j'adore me promener dans les rues de Boston et déteste la paperasserie.

J'ignore comment ma mère a appris que je déclinais la promotion, toujours est-il que la première fois que je l'ai revue j'ai cru qu'elle allait me déshériter tellement elle était en rogne.

Pensez, dans un bureau je ne risquais pas de recevoir une balle ou un coup de couteau, et j'aurais participé aux petits déjeuners du maire.

En revanche, mes amies Sandra et Nina m'ont conseillé de refuser quand je leur ai téléphoné pour leur demander leur avis.

— Si vous acceptez, m'a menacé Sandra, je vous brode à votre nom une paire de charentaises aux couleurs de la ville.

Je suis né à Boston, j'en connais toutes les rues et m'y sens en sécurité. C'est absurde, je le sais, car si Boston a longtemps eu le ruban bleu pour la qualité de vie de ses habitants, il y a belle lurette que c'est terminé. Notre voisine, New York, en revanche, connaît à présent, grâce à la détermination de son maire, la tranquillité de Genève, mais Boston n'a pas encore su profiter de la leçon.

— Qu'est-ce qu'on fait ? demande Rome.

Je soupire.

— On va faire quelques studios télé et se renseigner sur les producteurs susceptibles de faire travailler une fille comme cette pauvre gosse.

— Vous y croyez à cette proposition de rôle ?

— Je ne sais pas. J'ignore à quoi Marylin ressemblait quand elle était vivante. D'après les photos, c'était une petite blonde à l'air un peu niais, mais ça peut plaire. Je suis juste étonné qu'avec sa réputation de droguée quelqu'un ait eu envie de la faire travailler.

— Dans le milieu ce doit être fréquent.

— Oui, mais seulement quand ils deviennent célèbres et intouchables. Pourquoi a-t-elle disparu après cette entrevue ? Logiquement elle aurait dû rejoindre son petit ami et ils auraient fêté ça dans un nuage de poudre.

— Et où ils sont les studios télé ?

— Les principaux sont plus ou moins rassemblés dans Garden Street.

— Cette rue où les toits des maisons descendent l'un sur l'autre comme les marches d'un escalier ?

— Oui. Je connais quelqu'un qui y travaille, il pourra peut-être nous renseigner.

On se gare sur un emplacement libre sur Farwell et on remonte Garden à pied.

Brian est réalisateur aux Studios Loocked, spécialisés dans les sitcoms, les jeux à la noix et les soap opéras.

C'est là qu'ils se sont connus avec Suzan qui y travaillait déjà. D'après Julia, c'est grâce à elle qu'il a obtenu ce job en or. Non seulement il est payé pour les films qu'il réalise, mais en cas de panne il reçoit un dédommagement égal au tiers de ce qu'il touche en moyenne.

Il n'a pas intérêt à quitter ces studios, m'a confié Julia, qui, je crois, n'apprécie pas tellement son travail qu'elle trouve laborieux et sans imagination. Le fait est que les téléfilms que passe cette chaîne sont à la limite du débile.

On arrive chez Loocked et je demande Brian.

— Monsieur Marshall est occupé, nous répond la pimbêche qui garde le pont-levis. Vous avez un rendez-vous ?

— Non, dites-lui s'il vous plaît que nous l'attendons là. Lieutenant Goodman et sergent Rome.

Elle hausse ses sourcils épilés, pointe les lèvres en formant une boutonnière et appuie sur une touche de son interphone.

— Deux policiers vous attendent à la réception, annonce-t-elle sans ménagement.

— Non, fais-je signe, pas deux policiers, je suis un ami.

Elle ne répète pas et raccroche.

— Il vient.

On soupire, Rome et moi, et on s'installe dans les fauteuils.

Brian arrive quelques minutes plus tard, et j'agite les mains pour lui faire perdre l'air soucieux qu'il arbore.

— Brian, excusez-moi, je me suis mal expliqué avec cette jeune fille. J'ai dit que nous étions flics pour la faire bouger, lui confié-je à l'oreille.

On se serre les mains et je vois qu'il est soulagé. Pourquoi faut-il que les gens les plus innocents se sentent coupables quand un flic débarque, même si c'est un ami ?

— Qu'est-ce qui se passe ? interroge Brian d'un air encore un peu crispé.

— J'ai besoin de vos lumières, je lui réponds en lui expliquant ce qui nous amène.

On va s'asseoir à l'écart et Brian demande à la réceptionniste de nous apporter du café.

— Je n'ai jamais vu ni entendu parler de cette fille, me dit-il en me rendant sa photo.

— Je m'en doute, Brian. J'espérais seulement que

vous pourriez m'indiquer où une figurante comme elle peut espérer obtenir un rôle dans un film.

— Il y a les agences, il faut peut-être voir de ce côté-là.

— Je n'imaginais pas que Boston était le Hollywood de la côte Est, remarque Rome d'un air surpris.

— On croit toujours que tout le cinéma américain est à Los Angeles, mais nous avons ici de sacrés bons professionnels, et même un type comme Spielberg a créé de nouveaux studios, rétorque Brian. Allez demander à Woody Allen s'il tourne ses films à Hollywood. Et puis le réseau télé en produit beaucoup.

— Donc, des agences, répété-je en sirotant le jus de chaussette que nous a servi la charmante hôtesse aux sourcils maigrichons et au QI rase-moquette. Des adresses, Brian ?

— Je vais demander à ma secrétaire de vous faire une liste des principales.

— Qui engage ces filles et ces garçons qui espèrent un jour devenir des Madonna et des Brad Pitt ? demande Rome.

— Ceux qui se chargent des castings, répond Brian, et à ce sujet, me dit-il, vous êtes aux premières loges, Sam.

Je me frappe le front. Bien sûr, quel con ! Julia. Julia aurait peut-être pu déjà me renseigner sur cette Marylin ! peut-être l'a-t-elle vue ? peut-être que cette gosse a déjà passé des auditions avec elle. En tout cas, ça vaut le coup d'essayer.

— Parfois je me donnerais des coups de savate dans les tibias, dis-je.

— Laissez-moi vous aider, me propose Rome.

On discute encore un peu de choses et d'autres, et Brian nous interroge sur l'enquête en cours, mais même si je voulais je ne pourrais pas lui en dire beaucoup.

— On en est au début, mais j'ai une mauvaise impression, lui confié-je.

— Parce que ?

— Parce que si c'est un criminel en série, il est rudement futé, et dans ce cas-là c'est davantage la chance que l'expérience ou le talent qui nous sert.

— Pourquoi un criminel en série, il y a eu d'autres meurtres ?

J'hésite à lui répondre mais je sais que les journaux sont déjà prêts à imprimer cette hypothèse. Depuis l'Étrangleur de Boston, ils n'en ont pas eu plus de trois ou quatre à se mettre sous la dent, et ils sont en manque. Un psychopathe, c'est le pactole pour les journaux. Même quand ils n'ont rien à dire ils répètent les mêmes choses en boucle. C'est un peu la guerre du Golfe à domicile.

— Oui, l'an dernier, lâché-je.

— Même façon d'opérer ?

— À peu près.

— Jamais retrouvé le coupable ?

— Non. Il faut dire que jusqu'à récemment on ne s'en était pas beaucoup préoccupé parce qu'on ignorait l'identité de la victime.

— Et maintenant vous savez qui c'est ?

— Oui.

Il attend la suite mais j'en ai déjà trop dit.

— Ah, je vois, plaisante-t-il, secret défense.

— Ne le prenez pas mal, Brian, déformation professionnelle. Bon, on va vous laisser travailler, dis-je en me levant. Comment va Suzan ?

— Bien. J'aimerais que vous veniez dîner avec Julia en fin de semaine, c'est possible ?

— Pourquoi pas ? J'en parlerai à Julia. Tenez, voici le fax de mon bureau, pour la liste des agences.

— Je vous l'expédie aujourd'hui. Ça m'a fait plaisir de vous voir, Sam, même si votre visite était intéressée. Vous aimez la pêche ?

— La pêche ? Ce truc qu'on fait en tendant un bâton devant soi ?

— Je vois. Il y a un début à tout. Une bonne partie de pêche avec un ami, il n'y a rien de mieux.

— On verra ça. À bientôt, Brian.

— À samedi, j'espère.

On regagne notre voiture sur laquelle on trouve un PV.

— Pourri de flic, grommelle Rome en le balançant. Sympa votre copain.

— Oui, et pourtant c'est un type secret qui ne parle pas beaucoup. J'ai été étonné qu'il soit aussi bavard. Il gagne sûrement à être connu.

— Comme beaucoup d'entre nous, dit Rome en se glissant derrière le volant et en démarrant.

Julia ne connaît pas non plus Marylin.

— Ça ne veut rien dire, remarque-t-elle, vu son CV elle faisait surtout de la pub.

— Alors pourquoi un producteur lui aurait-il fait une proposition ?

On vient de voir une pièce de Shelby au Prudential Center. C'est Julia qui s'est occupée de la distribution et je lui ai fait remarquer que la comédienne m'a semblé un vrai thon. Ça l'a énervée.

— Ce que tu peux être naïf pour un mec. Cette gosse était probablement prête à tout et le prod s'est sûrement dit que c'était le meilleur moyen de se la mettre dans son lit. Ce milieu ne fait pas de cadeaux.

Surtout aux femmes. Les jeunes doivent coucher et dès qu'elles passent la trentaine elles trouvent plus de rôles. Elles ont dix ans pour s'imposer.

On marche vite en direction de St Germain et Dalton où je connais un petit Indonésien qui sert une des meilleures tables de riz de Boston, que je n'ai pas envie de partager avec l'équipe de Julia. Je me suis déjà emmerdé pendant la représentation, je ne tiens pas à me les farcir pendant des heures.

— D'après ce que j'ai appris de cette gosse ce n'était pas utile de lui faire miroiter le rôle de Scarlett O'Hara. Deux grammes de coke, et elle faisait la brouette hollandaise.

— C'est quoi la brouette hollandaise ? me demande très sérieusement Julia.

— Tu ne sais pas ?

— Non.

Je secoue la tête sans répondre.

— Alors c'est quoi ?

— Un truc avec deux manches.

Par chance on arrive au restaurant et je la précède vers l'unique table libre.

— Ça te va ?

— C'est qui les deux manches ? demande-t-elle en s'asseyant.

Je me plonge hypocritement dans la lecture du menu, et elle finit par laisser tomber.

Le restaurant de Souhar est un peu moins grand que la cuisine de ma mère. Sept tables et un passe-plat. Mais les Indonésiens ne sont pas des gens bruyants et on s'entend parler.

Julia ouvre des yeux ronds quand Souhar dépose une bonne quinzaine de petits plats sur la table. J'ai les papilles qui tressaillent et on attaque dans la foulée. Trois quarts d'heure plus tard, repu, je reprends l'interrogatoire.

— Qui, d'après toi, dans le milieu de la télé, a une réputation de cavaleur ?

— Tous, répond Julia, laconique.

— Tous les producteurs ?

— Et les réalisateurs, et les éclairagistes et les...

— Bon, OK. Essayons autrement. Donne-moi des noms.

— Lis l'annuaire professionnel.

— Merde, Julia, tu te fous de moi !

— Qu'est-ce que tu veux que je te dise ? Je ne dis pas qu'il faut coucher, je dis qu'ils essayent.

— Ce producteur est peut-être la dernière personne à avoir vu Marylin vivante. Je dois savoir qui c'est.

Elle hausse les épaules et termine une soucoupe de navets en saumure.

— Même s'ils cavalent, ça n'en fait pas des criminels, remarque-t-elle. Ta Marylin s'est peut-être fait tuer en retournant chez son petit ami.

— Peut-être. Mais alors je dois savoir à quelle heure elle a quitté ce producteur et où elle a dit qu'elle allait.

— Tu cherches une aiguille dans une botte de foin.

— Tu dois bien savoir si certains préfèrent les blondes, les brunes ou les chauves. La mienne était blonde.

— Il n'y a pas de chauves chez les figurantes.

Après la table de riz on prend du thé fort et chaud et un alcool...de riz.

— Brian m'a dit de m'adresser aux agences de comédiens.

— Tu as vu Brian ?

— Oui, j'ai commencé par lui. Il m'a dit aussi de te demander, puisque tu t'occupes de casting.

Elle secoue la tête.

— Les agences, c'est pas bête.

— Brian, tu crois que lui aussi il propose la botte aux jeunes filles ?

Elle me regarde en suçotant sa minuscule tasse en porcelaine.

— Brian ? Pourquoi pas ?

— Je ne l'imagine pas.

Elle hausse les épaules.

— Parce que tu n'es pas une jeune fille. Et quel rapport avec la nièce du maire ?

— Elles ont été...

Les images des deux meurtres me reviennent et je ne sais pas comment en parler. Ma mère m'a toujours conseillé de ne m'entretenir à table que de sujets gais et légers pour faciliter la digestion. Si je commence à décrire à Julia les crânes sanglants avec leur peau retroussée et le reste du charcutage, les navets risquent de ne pas passer.

— Même modus operandi, je réponds vaguement.

— C'est-à-dire ? insiste Julia avec un sourire encourageant.

Je pince les lèvres. Julia n'est jamais longue à rendre la monnaie d'une pièce.

— C'est comme si, commençé-je, ce type voulait recréer un certain visage...qu'il aurait aimé ou idéalisé.

— J'comprends pas.

— Alors...pour s'en rapprocher...d'abord ce sont deux blondes...ensuite...il modifie leur aspect peut-être pour les rendre plus proches de ce qu'il cherche...

— Comment ça ?

— Attention, c'est une hypothèse, me dérobé-je. Celle d'un profiler du FBI. Tu sais qu'à présent on ne peut résoudre aucun meurtre sans collaborer avec un profiler ?

— Non, je ne sais pas. C'est passionnant. Et alors ?

— C'est tout. Vu que le type s'est acharné...enfin. Bon, écoute, parlons d'autre chose.

— Mais non. Il s'est acharné à quoi ?

— En plus du profiler on travaille aussi avec un morphologue, et il a découvert que la façon dont le meurtrier avait tenté...enfin les visages des deux victimes présenteraient une certaine ressemblance.

— Après qu'il les a charcutés ?

Elle a un air innocent qui ne dissimule pas une certaine gourmandise. Je me dis que si les gens s'affrontaient réellement aux spectacles des meurtres que l'on se farcit, ils seraient beaucoup moins curieux.

J'ai vu des flics chevronnés et blasés dégobiller trois jours de cantine devant certains cadavres. Ce n'est pas seulement la vue, c'est surtout l'odeur.

Par temps chaud, un cadavre de moins d'une semaine peut s'en aller en morceaux à cause de la putréfaction. J'ai moi-même récupéré les restes d'une prostituée dans une baignoire remplie d'eau après douze jours d'immersion. Et je ne vous parle pas de la puanteur qui colle à la peau ou aux vêtements si vous ne les faites pas aussitôt nettoyer.

Il n'y a qu'au cinéma que les balles font des petites taches sombres sur les plastrons. Avec l'artillerie dont se servent maintenant les truands, un mec qui se fait arroser peut être découpé en plusieurs morceaux et l'endroit où on le trouve ressembler à la mer Rouge.

— Bon, si tu n'as rien à me dire, moi non plus, coupé-je d'un air agacé.

— Je voudrais bien te dire, mais je ne sais rien !

On se chamaille encore un peu et on s'en va. On

remonte sur Huntington Avenue pour dégotter un taxi.

— Chez moi ou chez toi ? demande Julia.

J'espérais qu'elle me poserait la question. Depuis notre dernière dispute on n'a pas refait l'amour. Je ne savais pas comment aborder le problème.

— Chez moi ? proposé-je.

— C'est ce que je voulais, répond Julia en se coulant dans mes bras.

Julia et Sam sont venus dîner. Comme Suzan n'est pas une bonne cuisinière j'avais tout acheté chez le traiteur. Je voulais vraiment que ce soit bien.

En début de soirée j'ai été agacé parce que Suzan et Julia accaparaient la conversation avec leurs histoires, et moi j'aurais voulu que Sam me parle de son métier et de son enquête.

On a fini par aborder le sujet au café grâce à Julia qui a dit que Sam recherchait un vieux cochon de producteur qui proposait un rôle aux minettes pour pouvoir coucher avec. Évidemment, les femmes étaient indignées. Elles sont marrantes, les femmes. Si ça ne marchait pas, on ne proposerait pas. Mais ça marche. Avec toutes. Pour passer devant une caméra elles sont prêtes à faire n'importe quoi. C'est pour ça que je me méfie d'elles et que je ne les crois jamais.

Même quand elles ne sont pas intéressées elles adorent se faire désirer. C'est plus fort qu'elles. Sinon, pourquoi chercheraient-elles à nous aguicher ?

Je me souviens, Vivien, ce qu'elle pouvait m'exciter ! C'était la mode des minijupes, et elle en portait qui lui venaient au ras des fesses. Elle marchait devant moi en se tortillant, et moi je la suivais comme un toutou. Au cinéma elle me laissait lui poser la main sur la cuisse, et parfois j'essayais de remonter. Alors elle me la saisissait et l'enlevait en me la posant sur ma propre cuisse. Ça m'excitait encore plus. Mais à l'époque j'étais jeune et timide et je n'osais pas insister. Ce que j'ai pu être bête. Je sais maintenant qu'elle n'aurait demandé que ça. Sinon pourquoi elle se serait mise en minijupe ? Quand une femme dit non, ça veut dire oui. J'ai lu ça dans un canard humoristique, et j'estime que c'est vrai.

C'est Suzan qui m'a entrepris. Heureusement, car depuis Vivien je n'avais connu aucune fille. J'étais traumatisé. J'avais peur d'être repoussé. Ce que j'ai pu souffrir. À la plage, à les voir allongées sur le sable, les seins ou les fesses à l'air, c'était l'enfer.

J'aurais aimé rencontrer une femme qui ressemblait à Vivien. Tout était délicieux en elle. Sa bouche pleine et délicieusement ourlée. Son nez aux narines fines comme des coquillages de nacre ; ses cheveux, moussants, blonds, qu'elle portait comme une auréole ; ses yeux si tendres et si amoureux qui changeaient de couleur selon ses émotions.

Aucune n'approchait même de loin sa perfection. Il y avait toujours quelque chose qui clochait. C'est ce qui m'a rendu longtemps malheureux. Plus que malheureux, désespéré. Je me disais que jamais je ne trouverais une femme qui me plairait autant. Et j'avais raison.

Avec Suzan, c'est différent, c'est la mère de mes enfants. J'ai toujours voulu fonder une famille. Même quand j'étais tout jeune. Combien de fois je me suis imaginé revenir le soir à la maison et retrouver Vivien en train de préparer le repas, avec nos enfants autour d'elle. Combien de fois ? Longtemps, et encore maintenant bien que je sache que c'est impossible, je créais des histoires, des scénarios, où Vivien, moi et les enfants vivions des aventures ou simplement des épisodes de la vie. J'inventais des conflits de couple qui bien sûr se résolvaient toujours dans l'amour que nous nous portions. Des problèmes avec les enfants, ou de voisinage, ou de femme qui cherchait à m'attirer et que je repoussais en pensant au chagrin que

Vivien ressentirait. Des hommes qui lorgnaient Vivien et que je terrassais.

Je suis obligé de vivre cette double vie, sinon je craquerais. Et obligé de continuer d'espérer des femmes qui me feront penser que je pourrais les aimer autant que j'ai aimé Vivien. Je les rencontre une fois ou deux, parfois davantage, et c'est toujours la même déconvenue. Je les observe sans qu'elles s'en rendent compte, note les différences. La voix, le regard, la façon de sourire. Elles ont l'âge qu'avait Vivien, et pourtant toutes sont blasées, cyniques, rien à voir avec sa fraîcheur. C'est depuis que je suis avec Suzan que je peux de nouveau les aborder. Elle m'a en quelque sorte redonné confiance en moi. Mais je suis toujours déçu.

Sam a bien voulu ensuite nous parler de ses soucis. Je buvais du petit-lait et pourtant j'avais de la peine pour lui. Je me mettais à sa place. Moi, si j'avais été policier, je me serais aussi fait du mauvais sang avec cette histoire, mais je crois que j'aurais été plus futé.

Dans cette enquête on a deux meurtres, deux jeunes filles presque du même âge, deux droguées, d'après ce qu'il a laissé entendre. Ça n'a pas été facile parce qu'il fallait lui arracher les mots. Heureusement que les femmes sont friandes de détails sordides et qu'elles sont curieuses comme des pies.

Enfin, il a consenti à nous lâcher que les jeunes filles avaient été blessées au visage. Blessées, j'ai apprécié l'euphémisme. Quand un policier dit qu'une jeune fille a été blessée par son agresseur, on sait ce que ça veut dire. Si elles sont tuées ou violées, elles ne sont pas blessées.

Julia s'en est alors mêlée pour révéler qu'un profiler du FBI travaillait avec la police. Et aussi un visagiste-morphologue. Sam n'était pas content, et il a dû nous expliquer, surtout à Suzan, ce qu'était un visagiste-morphologue. Elle n'en revenait pas.

— Donc, vous pensez, a-t-elle dit, que c'est un seul et même assassin ?

— Je n'ai pas dit ça, a protesté Sam, visiblement sur des charbons ardents.

C'est moi qui lui ai sauvé la mise en déclarant qu'on avait assez parlé de ces horreurs, et en lui proposant une partie de pêche pour le dimanche suivant. Il n'a pas dit non, mais je ne suis pas certain qu'il aime pêcher. Si je veux m'en faire un ami il faudra que je trouve autre chose.

Je me sens mieux avec un homme qu'avec une femme. Avec un homme je suis tranquille, on ne cherche pas à se séduire. Enfin, des hommes comme nous.

En plus, Sam est policier.

P.S Mon frère ne me semble pas bien. Ça me désole. J'hésitais à en parler. Mais il faut que je le fasse, ne serait-ce que par honnêteté.

ROME et moi on a décidé d'écumer les agences de comédiens.

Je m'habitue bien à mon nouveau partenaire, même si Mary a fait un peu la tête quand on est allés la voir ensemble à l'hôpital.

Elle est encore en rogne, pas seulement contre Fremont mais contre le monde en général. Le toubib ne peut toujours pas dire si elle remarchera normalement et on a soigneusement évité d'évoquer le problème.

— Rome va m'aider sur cette affaire, je lui ai dit.

— Les absents ont toujours tort, a-t-elle répliqué.

Et Rome est sorti dans le couloir.

— Mary, tu n'es pas logique. Franklin m'a accordé Rome parce qu'il a eu l'impression qu'il me devait quelque chose à cause de ce qui t'est arrivé.

— Tu voudrais décoder, a-t-elle bougonné.

— D'accord, c'est pas plus logique. C'est toi qui stoppes un pruneau et c'est moi qui en bénéficie. Mais dis-toi, ma grande, qu'il m'a donné l'enquête la plus merdique qu'il a dégottée dans ses tiroirs. Même avec Sherlock Holmes je ne serais pas sûr d'y arriver. Tu devrais plutôt te réjouir d'être tenue à l'écart.

— Parle toujours, beau merle !

On continue un moment sur ce ton et puis ça s'apaise parce que Mary est incapable d'en vouloir longtemps à quelqu'un qu'elle aime bien.

— Elle était pas contente, hein? me dit Rome quand on redescend jusqu'à la voiture.

— Faut comprendre, Jimmy, il y a un bout de temps qu'on était branchés tous les deux sur l'affaire des casseurs, et juste au moment où elle a besoin de moi, je suis aux abonnés absents.

— Je parle pas de ça. Je parle du fait que je bosse avec vous.

Je hausse les épaules et il démarre.

— Elle ne se rend pas compte que vous et moi on risque de se ramasser sur cette enquête. D'ailleurs, je voulais vous en parler. Vous débutez ici et ça pourrait faire tache sur votre palmarès si on se plantait.

— Et vous?

— Moi, c'est pas pareil. Vous avez entendu parler du « complexe de Peter » ? Quand un chef fait une connerie, au lieu de le virer on lui donne une promotion.

— J'connaissais pas.

Entre-temps on est arrivés à notre première agence. C'est pas du luxueux. En haut d'un escalier en bois qui monte avec difficulté, une porte vitrée avec inscrit dessus le nom de l'occupant : Billy Disk, agent théâtral.

On frappe et on entre sans attendre d'y être invités.

Une antichambre, grande comme un ongle rongé et aussi sale, deux chaises en plastique passé et une table basse bancale couverte de vieux numéros du show-biz accueillent les visiteurs.

Une porte s'ouvre sur une autre pièce aussi coquette où, derrière un bureau, est affalé un type qui n'a pas dû se raser ni aller chez le coiffeur depuis la fin de la guerre du Vietnam.

— Ouais, c'est pourquoi ?

On montre nos cartes qu'il examine avec un dégoût visible.

— Ouais ?

Il a des petits yeux en trous de bottine et une mèche grasse qu'il ramène sur le front.

— On voudrait savoir si vous avez déjà vu cette fille ? je lui demande en lui montrant la photo de Marylin.

— Non, qu'il répond sans regarder.

J'échange un coup d'œil avec Jimmy.

— Vous n'avez pas regardé.

— J'ai pas besoin, j'suis pas physionomiste.

— Elle s'appelait Marylin Basheing.

— J'ai pas la mémoire des noms.

Rome soupire et se penche vers lord Sinclair.

— Et celle des baffes, tu l'as ? questionne-t-il gravement.

— Juste celle du numéro de mon avocat. Vous l'voulez ?

Je grimace. L'impasse. Une règle intangible : que ce soit avec les enfants ou les connards, ne pas menacer si on n'est pas prêt à passer aux actes.

Je jette un coup d'œil autour de moi.

— Vous pouvez fermer la porte ? je demande à Rome.

— Hey, où vous allez les gars ! éructe notre hôte.

Rome va tranquillement donner un tour de clé à la porte palière et revient du même pas.

Je me penche vers le beau Disk.

— Maintenant tu vas regarder attentivement la photo, d'accord ?

Il me lance un regard teigneux et s'empare du cliché qu'il se colle sous le nez.

— J'connais pas.

Et il reçoit une beigne de Rome que je n'ai même pas vu bouger. Le mec se la prend en pleine poire et se met à glapir.

— Bande d'enfoirés, j'vais vous faire pisser le sang !

Seconde beigne, toujours aussi bien dirigée. L'homme se met à pleurnicher en se frottant les joues.

— Qu'est-ce que vous m'voulez, putain d' vot' mère !

— Savoir si tu as déjà vu cette fille, répond Rome, impavide.

Disk réagit par une bordée d'injures.

— Qu'est-ce que vous lui voulez, bordel !

— Nous, rien. Elle a été assassinée.

Il met un petit bout de temps à réagir, mais ça le calme.

— Comment ça, assassinée ?

— Tuée, scalpée, défigurée, je réponds.

Il nous regarde le temps d'enregistrer.

— Par qui ?

— Tu la connais, oui ou merde ? lâche Rome qui s'agace.

— J'l'ai vue, consent l'autre du bout des lèvres. — On soupire. — Une fois. Une cloche, avec autant de talent qu'un poil de cul. (J'analyse la métaphore.) J'l'ai envoyée paître. Rien pour elle.

— Tu t'occupes plutôt de Cindy Crawford et Melanie Griffith ? je demande suavement.

Il hausse les épaules.

— Elle v'nait de la pub, des trucs bidons, elle voulait faire de la téloche.

— Alors ?

— Alors rien, j'lui ai dit d'aller direct dans les studios et pas m'faire chier !

— Tu devrais créer une bourse d'encouragement. Alors, elle est allée où ?

— C'que j'sais ! j'vous dis, j'l'ai vue une fois !

Je comprends qu'il n'y a rien à tirer de plus de ce cloporte. La môme devait être au bout du rouleau pour venir voir pareil détritus. Je pensais bien que le métier était dur, mais pas à ce point.

J'examine les photos épinglées au mur derrière lui. Elles représentent toutes des femmes nues dans des poses sans rapport avec les vignettes des Évangiles.

— Pourquoi toutes ces photos ? je demande.

— Pour mon plaisir, qu'il répond sans se retourner.

Je retiens le bras de Rome.

— Tu donnerais pas dans le bureau de placement pour jeunes filles en détresse, mon beau Disk ? je demande.

— J'suis un agent, c'est tout. J'me casse le cul à trouver des pannes à des tocards qui savent à peine lire ! Pour c'qu'on est remercié !

— Tu me fais de la peine, dis-je. T'en fais pas, tu seras le premier à être prévenu si on trouve quelque chose.

Il hausse encore une fois les épaules et on sort.

— Qu'est-ce que ça sentait ? demande Rome quand on débarque sur le trottoir.

— Un peu comme l'eau d'un vase qu'on n'aurait pas changée depuis longtemps, je réponds. Bon, elle voulait vraiment faire de la télé. On va se partager les adresses des agences. Rendez-vous au bureau à six heures.

— Banco.

Je finis de visionner les rushes avec le monteur.

— C'est pas mal du tout, remarque-t-il.

Je ne réponds pas parce que c'est tellement mauvais que ça me ferait vomir. Dire que je perds mon temps à travailler pour des gens pareils. Quand je pense à tout ce que je pourrais créer.

Mon frère m'attendait devant chez moi ce matin. J'ai fait d'abord semblant de ne pas le voir mais il m'a emboîté le pas.

— Bonjour, Brian.

— Bonjour, Harvey.

— Tu vas bosser ?

— Évidemment.

— Tu gagnes bien ta vie ?

Je l'ai regardé de travers. Harvey n'a jamais été fichu de gagner un sou normalement. Déjà tout petit il faisait le désespoir de notre père.

— Suffisamment pour faire vivre ma famille.

— Ah, la famille… c'est chouette la famille, hein, Brian ?

— Très chouette.

— Moi aussi je suis ta famille.

Je n'ai pas répondu et il m'a suivi jusqu'à l'arrêt du bus.

— J'peux t'accompagner ? m'a-t-il demandé quand le bus est arrivé.

— La rue est à tout le monde, ai-je répliqué.

Il a ri comme lui seul le fait. À petits coups qui tiennent davantage du reniflement que du rire. D'accord, c'est mon frère. Mais c'est aussi un sale type. On peut mettre la phrase autrement. C'est un sale type mais c'est quand même mon frère.

Quand notre mère a été sur le point de mourir elle m'a fait promettre de m'occuper d'Harvey.

— Y a papa, j'ai dit.

— Oui, mais après, a-t-elle insisté.

Et elle est morte.

— J'devais avoir un boulot, me dit Harvey, mais il m'est passé devant le nez.

Je ne réponds pas parce que ce doit être la trois millième fois qu'il me raconte la même chose.

— C'qui fait qu'j'ai pas un rond, continue-t-il.

On descend à ma station et on entre ensemble au studio. Je me tourne vers lui.

— Tu n'as tout de même pas l'intention d'entrer, lui dis-je. Moi, je vais travailler.

— Bon, j't'attends dehors. Tu me files un billet pour qu'je mange à midi ?

Je lui donne dix dollars.

— Tu vas rester là toute la journée ?

— Nan, j'vais m'balader. À quelle heure tu sors ?

— Ce soir, tard. On doit visionner des rushes.

— OK, on rentrera ensemble.

Je vais à la fenêtre pendant que le monteur continue de se gargariser sur l'œuvre immortelle qu'on vient d'achever. Une bluette à deux sous qui se termine par l'inévitable happy end. Je me demanderai toujours pourquoi les gens courent tellement *après le bonheur. Personne n'a jamais pu l'attraper ni même l'apercevoir. Mais c'est comme le Père Noël, on veut tous y croire.*

J'aperçois Harvey adossé à un parcmètre. Vu d'ici, il paraît plus jeune qu'il n'est. Il a toujours paru plus jeune. À mon avis, c'est parce qu'il n'est jamais devenu adulte. Mon père le disait tout le temps.

— Bon, je vous laisse ranger, dis-je au monteur. Ne mélangez pas les bobines. À demain.

Il fait un geste vague de la main. Je sais que je l'ai vexé mais ce type m'énerve. Je n'aime pas les gens qui sont toujours contents d'eux. C'est pas comme ça qu'on progresse.

Je rejoins Harvey sur le trottoir.

— Hello ! fait-il joyeusement.

— Il y a longtemps que tu es là ?

— Nan, j'arrive. J'me suis bien promené. Y a des filles girondes, dis donc ici !

Je ne réponds pas et commence à marcher avec lui.

— Dis donc, frérot, si on allait se boire une petite bière avant de rentrer ? Il est encore tôt.

— Neuf heures, dis-je en consultant ma montre. Suzan doit m'attendre.

— Passe-lui un coup de grelot, y a longtemps qu'on n'est pas sortis en garçons !

— Pas si longtemps que ça.

— Oh, allez, sois pas vieux jeu ! T'as bien le droit de te détendre avec ton frère !

Je soupire. Je connais Harvey, il ne lâchera pas prise. D'un autre côté, si je veux le contrôler tant soit peu, il faut que je sois disponible pour lui. L'écouter, le conseiller au besoin. C'est pas un mauvais gars, il a juste un peu trop tendance à se laisser aller.

Il fait bon marcher ce soir et c'est vrai que j'aime bien être avec lui. On est du même sang, ça compte. On a des souvenirs communs, des joies et des peines.

— On va sur Hanover ? Ya plein de coins sympas là-bas.

Je sais à quoi il pense. Sacré Harvey, pour le tenir celui-là !

Je hèle un taxi en maraude.

— Hanover et Prince, indiqué-je en grimpant avec Harvey.

— C'est parti, répond le chauffeur.

On s'est usés pour rien, Rome et moi. Pas un agent, imprésario ou ce qui en fait office n'ont vu ou entendu Marylin Basheing de son vivant à part ce pou de Disk. C'est rare quand on tombe sur le bon du premier coup. Pas rare, statistiquement impossible. C'est aussi pour ça qu'il n'était pas le bon.

Bref, je n'ai toujours rien sur la petite Crowley ni sur Marylin Basheing, et je m'avise en même temps que j'ai oublié ou même ignore le prénom de la nièce du maire. J'ouvre le dossier et regarde. Naomi. Naomi Crowley. Drôle. Elle a à peine existé de son vivant et je l'ai déjà oubliée une fois morte. Il y a ainsi de curieux destins.

J'essaye d'imaginer ce qu'a été la vie de cette petite fille de riche, enviée sûrement de ses rares amis, sans que ceux-ci entrevoient un seul instant ce qu'a dû être sa solitude.

À quoi peut bien penser une jeune fille qui se rend compte que sa présence ou son absence du foyer familial passent inaperçues ? Une fille qui peut dépenser tout l'argent dont elle a besoin sans que ni son père ni sa mère ne songent seulement à lui demander des comptes ?

— On est mal, dit Rome en se laissant tomber épuisé sur une chaise.

— Très mal, conviens-je. J'espérais qu'on récolterait quelques indices qui nous recolleraient à l'assassinat de la jeune Crowley, et on a encore plus la tête dans la vase.

L'équipe de nuit arrive alors que les flics de jour rangent leurs petites affaires, et ça bourdonne dans le poste. Les uns et les autres ne sont pas spécialement sur les mêmes coups, et ils aiment bien échanger leurs impressions et leurs déprimes.

Parce qu'il ne faut pas croire qu'une enquête se mène les doigts dans le nez. Même quand vous savez qui est le coupable, ou le soupçonnez fortement, encore faut-il le prouver.

Pour présenter au district attorney un dossier en béton qui ne vole pas en éclats sous les coups tordus des avocats, vous passez votre temps à cavaler après des indices, des constatations, des témoignages, en tremblant qu'un autre flic, un peu plus con ou distrait, ne les bousille par négligence, bêtise ou vacherie, ou qu'au greffe ils ne soient perdus.

Vous espérez aussi que le délinquant ne reviendra pas sur ses aveux si vous avez eu la chance de les obtenir; ou ne se donnera pas des coups de tête dans le mur pour faire croire qu'on les lui a extorqués par la violence.

Ne comptez pas non plus les jours, les semaines, les mois passés en filatures, planques, interrogatoires, paperasses, à vous les geler ou au contraire à vous les cuire; les escaliers grimpés avec la trouille au ventre pour affronter des tordus, des vicieux, des dingues.

Oubliez l'avocat qui va trouver au dernier moment un défaut de procédure pour faire remettre en liberté le multirécidiviste que vous étiez si content d'avoir coincé.

Parfois il faut des années pour boucler un dossier, et pendant ce temps-là les crimes continuent. Les autres flics sont en congé ou malades, et s'accumulent sur votre bureau les affaires nouvelles.

Et vous vous dites que vous n'y arriverez pas. Que jamais vous ne pourrez endiguer ce flot de meurtres, de viols, d'agressions, de cambriolages, de pourritures.

Alors vous croyez vous noyer et n'avez qu'une envie, regagner la rive et vous mettre au sec pendant que les autres continuent de se débattre à en perdre le souffle.

J'en suis à peu près là ce soir avec mes pieds qui débordent de mes mocassins tellement ils ont marché, et le dégoût de constater une fois de plus à quel point les gens se foutent de la vie et de la mort des autres, même si ce sont des filles d'à peine vingt ans qui n'ont pas eu le temps de goûter le peu de nectar que cette putain de vie distille avec tant de parcimonie.

Ce n'est ni avocat ni flic que j'aurais dû être, mais épicier, marin ou n'importe quoi d'autre qui me tienne à distance de la chiennerie de l'existence, parce que, vraiment, penser que le fumier qui a massacré ces deux mômes se la coule douce, me fait carrément braire.

On a trouvé le troisième cadavre cette nuit-là. Dans une décharge au coin de Foster et Michelangelo, tout près de la rivière Charles. Pas scalpée, juste la figure en bouillie.

On s'est ramenés Rome et moi sur les lieux du crime, comme on dit, à sept heures moins le quart. Il faisait encore nuit et on pouvait voir les bouillons gras du fleuve danser à vous filer le mal de mer. Un vieux paquebot déglingué servait de toile de fond, et partout ça puait la défonce et la misère. Des paquets de hardes dormaient à même le sol, collés les uns contre les autres pour se tenir chaud ou se protéger des mauvais. Plus loin, du côté où le soleil se lève pour les pauvres comme pour les riches, des ombres emmitouflées se réchauffaient autour d'un feu qui crépitait, et faisaient semblant de regarder ailleurs pour se rendre invisibles des voitures de flics et de leurs uniformes.

— On l'a amenée ici, nous dit un sergent arrivé le premier en nous accueillant.

— Pourquoi ? demandé-je.

— Parce qu'elle avait déjà cessé de saigner quand elle est arrivée. Regardez, elle avait des cartons sous elle et ils sont à peine souillés.

— Elle a été découverte à quelle heure ?

— Une heure quinze. Un appel anonyme. Il y avait une patrouille dans le coin, elle a rappliqué aussitôt.

— On a retrouvé l'arme du crime ?

— Non, on a cherché, mais que dalle. Toute façon, si on l'a pas tuée là, ça traîne ailleurs. Toute façon, ça peut être aussi bien un couvercle de poubelle qu'une matraque où on aurait sauté dessus.

— Attendez, je ne comprends pas ce que vous me dites. On aurait sauté sur quoi ?

— Ben, sur le couvercle. Vous mettez sur la gueule de quelqu'un un couvercle en fer et vous sautez dessus à pieds joints, ben, toute façon, ça fait du dégât !

— Ah oui, je vous suis mieux. C'était simplement une question de syntaxe, indiqué-je à l'inspecteur qui me regarde étonné.

— Pourquoi on nous met sur l'affaire ? demande Rome en bâillant.

— Parce que notre chef a pensé qu'une blonde c'était de votre ressort, réplique le flic qui ressemble à Harvey Keitel après une cuite.

— C'est pas parce que je suis noir que j'aime les blondes, réplique Rome en se penchant pour examiner le cadavre. Elle a pas été scalpée, celle-là.

— Non, mais vachement arrangée, réplique le flic.

— On sait qui c'est ? je demande sans regarder.

Je viens juste de prendre un petit café et j'aimerais le garder encore un moment.

— Elle avait une vieille carte d'identité toute pourrie. C'était une môme des quais. Millicent Woolworth, née à Dahe Dam, Arkansas, en 82. On verra à l'autopsie si elle était chargée. À mon avis, oui, dit l'inspecteur qui répond au doux nom de Rosemary.

Avec un soupir je m'accroupis pour examiner le

corps. La pauvre fille donne l'impression d'avoir eu le visage passé sous un Fenwick.

Des bouts d'os déchirent la peau et les gencives sont quasiment à nu. Les paupières sont tellement tuméfiées qu'elles font deux grosses boules en dessous du front. Le nez n'est plus à sa place et les lèvres ont éclaté. Son jean est descendu sur ses chevilles et sa culotte arrachée pend le long de sa cuisse. C'est un véritable massacre et une houle de rage me secoue. Quel que soit le cinglé qui a fait ça, il ne paiera jamais assez cher.

Le légiste vient d'arriver et, sans dire bonjour à personne, s'installe près du cadavre. Les cigarettes sortent et on le regarde faire ses premières constatations.

— Elle a été violée ? je demande.

Il me jette un bref coup d'œil et me répond par un gargouillis inaudible.

— Excusez-moi, je n'ai pas compris.

— J'en sais rien !

On se regarde avec les autres flics mais on a l'habitude. Le Dr Pinkus est le plus mal embouché des charcuteurs de cadavres de toute la côte Est. On raconte qu'une fois il aurait balancé à un inspecteur qui le tarabustait un paquet de tripes qu'il venait de sortir d'un noyé.

— Et on le saura quand ?

Il me lance un regard torve.

— Quand j'aurais regardé.

— Ce meurtre est prioritaire, dis-je.

Il hausse les épaules sans répondre et se lève.

— Vous pouvez enlever, dit-il aux flics.

On glisse le corps dans une housse et on le pose sur un brancard que deux flics portent au cul d'une ambulance.

Je regarde partir ce corps de gamine qui ira rejoindre

les autres dans les tiroirs de la morgue après s'être fait découper en long et en large par le bon docteur Pinkus.

Il nous livrera les secrets des derniers moments qu'il a passés sur cette terre. Mais il ne nous dira jamais pourquoi une fille, née vingt ans plus tôt dans un bled de l'Arkansas qui ne doit même pas figurer sur les cartes, est venue s'échouer dans le plus sordide quartier d'une des villes les plus snobs des États-Unis.

Je n'ai pas pu l'empêcher. Je sais, ce n'est pas une excuse. Je suis plus fort que lui mais quand il est dans cet état… Je sentais que ça devait arriver.

Quand le taxi nous a déposés à Hanover et que j'ai vu l'enfilade de bars mal famés et de sex-shops disposés de chaque côté de l'avenue et dans les ruelles qui la coupaient, je me suis raidi.

Des prostituées de tous genres, toutes couleurs et tous sexes se disputaient les clients avec une âpreté qui m'écœurait.

Harvey, lui, semblait au contraire dans son élément. Il plaisantait avec toutes mais elles n'étaient pas là pour perdre leur temps avec un môme mal dégrossi et elles ne le lui envoyaient pas dire. Ça le faisait rire et il continuait son manège.

Moi je marchais à quelques pas de lui, et je craignais que les nombreux macs qui surveillaient leur fonds de commerce le prennent mal et finissent par le bousculer. Je n'aurais rien pu faire. Je ne suis pas habitué à la violence, pire, elle me fait peur.

Une fois, au début que l'on se fréquentait, alors que l'on se promenait Suzan et moi on a été agressés par deux jeunes voyous d'une quinzaine d'années qui ont commencé à bousculer Suzan en lui sortant des grossièretés. Elle était enceinte de notre premier et elle a tout de suite eu peur qu'il arrive quelque chose au bébé.

J'ai tenté évidemment de m'interposer, mais les deux garçons étaient d'une telle violence que j'ai compris que je ne pourrais rien faire. Par chance, une voiture de police est juste arrivée au moment où Suzan et moi étions pressés contre un mur par les voyous dont l'un était armé d'un couteau.

Ils les ont embarqués, mais comme ils étaient mineurs ils sont sortis deux jours plus tard. Suzan a dû être hospitalisée et nous avons eu très peur qu'elle perde le bébé. Harvey, par coïncidence, a débarqué chez nous une semaine après. C'était la première fois que Suzan et lui se voyaient et on lui a bien sûr raconté l'agression.

Il n'a rien dit, mais les flics sont venus nous trouver quelques jours plus tard parce que les deux petites crapules avaient été rouées de coups et laissées presque mortes, et ils voulaient savoir si je n'avais pas engagé d'hommes de main pour me venger. J'ai été vite disculpé, bien sûr, mais je me suis toujours demandé si Harvey était pour quelque chose dans cette agression. Nous n'en avons jamais parlé.

On est entrés dans un premier bar où Harvey a commencé de boire. Pas moi. Je ne supporte pas l'alcool. Moi, je me contentais de payer et de tenter de le modérer, mais je savais déjà que c'était peine perdue.

Je connais bien mon frère et je savais ce qu'il cherchait. Harvey est un garçon intelligent mais il a des idées fixes. Par exemple sur les femmes. Il n'aime que les blondes d'un certain genre. Jeunes, délurées mais bien élevées, cependant par un fait exprès il ne tombe que sur des traînées, des camées, enfin des filles qui n'en veulent qu'à son argent et qui se moquent de lui.

Au bout d'un certain nombre de haltes dans les bars j'ai voulu rentrer et j'ai essayé de convaincre mon frère d'arrêter sa quête d'aventures, d'autant que j'avais compris que ce n'était pas là qu'il trouverait une fille pour lui. Mais il ne voulait rien savoir et me suppliait de traîner encore.

J'ai, en début de soirée, téléphoné à Suzan pour lui dire que je partais dîner avec des collaborateurs du film et que j'essayerais de pas rentrer trop tard. Ça ne lui a pas fait plaisir mais elle m'a dit tout de même de me détendre et de bien m'amuser.

C'est ce qui est épatant avec Suzan. Elle pense toujours plus à moi qu'à elle. Si elle est certaine que je suis bien où je suis, même si ça la prive de moi, elle va m'encourager. Je sais parfaitement qu'il existe peu de femmes comme elle.

C'est dans un bar encore pire que les autres, où Harvey a absolument voulu entrer en me promettant que c'était le dernier, qu'il a rencontré la fille.

Elle était assise dans le fond de la salle, appuyée au mur. Il y avait tellement de monde que je me demande comment Harvey a pu la repérer dans cette pénombre épaissie par la fumée, la cacophonie abrutissante de deux juke-box qui ne jouaient pas le même air, les hurlements des soiffards, et surtout l'air absent et même avachi de la fille qui paraissait ne s'intéresser à rien de ce qui se passait autour d'elle. Mais indiscutablement elle était blonde, jeune et assez mignonne malgré tout. Il l'a entreprise alors que je m'installais au bar entre deux pouffiasses qui ont tenté de me faire du charme et que j'ai envoyé promener.

À un moment je me suis rendu compte que je ne voyais plus ni mon frère ni la fille, et je suis rapidement sorti pour les chercher.

Dehors c'était la même cohue et je me suis enfoncé dans les ruelles sombres et désertes en me disant que si Harvey avait voulu la sauter il l'aurait entraînée là.

J'avais raison. Mais il ne l'avait pas seulement sautée.

Je suis resté je ne sais combien de temps à regarder sans comprendre le corps de la pauvre petite que mon frère avait frappée à mort.

— Mais que s'est-il passé ? ai-je hurlé à Harvey qui se tenait recroquevillé en tremblant et pleurant comme un sale gosse qui aurait cassé son jouet et craindrait de se faire punir.

— On s'est disputés, a-t-il sangloté.

— Disputés ! ai-je crié, mort de peur et de dégoût. Tu appelles ça se disputer, espèce de cinglé !

Il s'est affalé sur mes jambes en reniflant et en geignant, implorant mon pardon, se tordant les mains comme un fou et frappant le trottoir de ses poings en se traînant à mes genoux pour me supplier de l'aider.

Et moi, je regardais le corps allongé de la malheureuse dont seuls les pieds dépassaient de derrière la poubelle où elle était couchée, et j'entendais en même temps que les sanglots de mon frère le bruit qui arrivait de l'avenue, et je pensais que n'importe qui pourrait surgir et nous voir, et j'ai ordonné à mon frère de se relever et de m'aider à déplacer ailleurs le corps puisque aussi bien le mal était fait.

Mais il restait prostré et gémissait, et j'ai été obligé de lui donner des coups de pied et de le relever de force.

J'ai chargé le corps de la fille sur ses épaules et on a cavalé vers les quais où on l'a placé dans un container.

Ensuite j'ai obligé Harvey à se laver à une fontaine parce qu'il avait beaucoup de sang sur lui. J'ai voulu lui dire d'enlever son blouson et de s'en débarrasser mais je me suis souvenu de ce que la police scientifique est capable de faire à partir d'une écaille de peinture, et nous avons quitté le quartier très rapidement.

Quand nous sommes rentrés, Suzan et les enfants dormaient, et Harvey a regagné sa chambre sans bruit pendant que je rejoignais la nôtre.

Je lui ai ordonné de cacher soigneusement les vêtements qu'il portait avant de se coucher, en lui disant qu'on les brûlerait le lendemain.

C'est ce qu'il a fait. Mais cette nuit a été l'une des plus épouvantables de ma vie.

Je suis assis au comptoir d'Archie à picorer des morceaux de pastrami et à les faire glisser avec un vin de Carmel un peu trop fruité à mon goût.

Nous venons de débattre d'un point important concernant l'infusion du thé pendant le shabbat, expliquée par le Talmud. Ni mon copain ni moi n'avons évidemment, ne serait-ce qu'une fois, ouvert le Livre sacré, mais le *pilpoul*[1] est dans nos gènes.

— Si tu verses de l'eau chaude sur les feuilles de thé, soutient Archie, tu cuis, donc, tu pèches.

— Tu tires l'eau déjà chaude d'un récipient et tu la verses dans un autre en verre, le verre ne compte pas. Tu as le droit, rétorqué-je.

On en est là de nos discussions, sans bien sûr qu'Archie se soit préoccupé une seule fois de ses clients assoiffés et affamés (Archie privilégiera toujours les choses de l'esprit aux matérielles), quand Jimmy Rome se pointe et se colle à moi en bousculant un monsieur habillé comme un milord, membre honoraire de plusieurs sociétés de bienfaisance. Il est rayonnant.

1. *Pilpoul* : goût de la discussion.

— Qu'est-ce que vous avez, je lui demande, un rencart avec Whoopy Goldberg ?

— Dieu m'en garde. — Il se tourne vers Archie. — C'est quoi le menu aujourd'hui ?

Archie le fixe un instant, secoue la tête en réfléchissant.

— Ça vous dirait de goûter aux délices de Capoue ?

— Ça n'a pas dû m'arriver depuis la sortie du collège, réplique Jimmy sérieusement.

Archie le regarde en plissant un œil, paraît peser le pour et le contre, et va dans le placard qui leur sert à Rose et à lui (surtout à Rose) de cuisine, d'où il revient quelques instants plus tard avec deux assiettes de foie et d'œufs hachés parsemés de petits bouts d'oignons grillés. Aussitôt toutes les têtes attirées par la délicieuse odeur se tournent vers nous. Mais Archie ne les voit même pas.

— Qu'est-ce que c'est ? demande Jimmy en contemplant d'un œil dubitatif la purée marron et jaune posée devant lui.

— Mange, lui dit Archie.

C'est ce qu'il fait, d'abord avec précaution, puis bientôt avec voracité, et il liquide son assiette avant même que j'en sois à la moitié de la mienne.

— Fameux ! s'exclame-t-il en s'essuyant la bouche d'un revers de main.

Il regarde Archie qui lui tend sans un mot une tranche de pain au pavot.

— C'est avec ça que ça se mange.

— Ah ? Mais c'était excellent comme ça. — Il regarde mon assiette. — Pas encore fini ? Vous n'aimez pas ?

— Si, dis-je en protégeant ma pitance.

Archie se penche vers lui en roulant des yeux.

— Monsieur Rome, avez-vous la moindre idée de ce

que vous avez avalé tout rond comme un chien sa pâtée ?

— Non, mais je me suis régalé !

— Monsieur Rome, imaginez-vous seulement le temps qu'il faut pour préparer ce plat qui n'a pas son pareil ?

Rome secoue la tête. Archie pousse un profond soupir et se penche en confidence.

— Vous choisissez les meilleurs foies des meilleures volailles, vous les lavez un à un soigneusement en les débarrassant des petites peaux, nerfs, tendons, saloperies ; puis vous les faites rissoler à température constante et surveillée dans une graisse d'oie si fine et si pure que la reine de Saba s'en servirait pour se nettoyer la peau. Entre-temps, vous avez fait bouillir vos œufs en prenant garde à bien respecter le temps nécessaire de façon à ce que les coquilles se détachent facilement et ne les gâchent pas. Ensuite, vous pelez vos œufs. Puis vous coupez en fines, fines lamelles des oignons sélectionnés pour leur degré précis d'alcoolat. Vous ôtez les foies de la poêle en gardant le jus et vous précipitez dedans vos oignons que vous remuez jusqu'à ce qu'ils deviennent quasi transparents avec juste une bordure plus sombre sur les bords. Vous me suivez ? (Une demi-douzaine de têtes qui s'étaient rapprochées, opinent.) Ensuite, vous hachez avec un moulin à MAIN, foies et œufs que vous salez et poivrez d'un mélange de trois poivres noirs et gris, vous les parsemez avec les oignons grillés, coupés menus, menus, et vous servez avec du pain noir ou du pain de seigle au cumin. Voilà, monsieur Rome, ce que vous venez d'engloutir sans même en déguster l'odeur !

Rome hésite entre la contrition et le fou rire. Il choisit avec bonheur, à mon avis, la première attitude.

— Monsieur Archie, que monsieur Abraham Lincoln dont je chéris la mémoire se lève de sa tombe et me fouette jusqu'au sang comme on le faisait à mes ancêtres avant lui, si une seule autre fois dans ma vie je ne déguste pas comme il se doit les plats délicieux que vous aurez la bonté de me préparer à l'avenir.

Archie, dubitatif, pince les lèvres en cherchant le lézard, mais Rome a l'air sincère.

— Je vous absous pour cette fois, lâche-t-il enfin, grand seigneur.

Rome se fend d'un sourire de contentement qui met quarante dents à l'air.

— Je suis votre serviteur, monsieur Archie.

— Bon, alors, vous étiez venu pour quoi, à part vous goinfrer de foies et d'œuf hachés ? demandé-je pendant que public et paparazzi s'éloignent.

— J'ai trouvé l'arme du crime, dit-il triomphalement.

— Quelle arme et pour quel crime ?

— La brique qui a tué Millicent Woolworth, la petite qui vient du Nebraska.

— L'Arkansas, rectifié-je. Où est cette brique ? Et vous êtes sûr que c'est bien ça ?

— Affirmatif. Quand Rosemary nous a dit que la môme n'avait pas été tuée là mais déplacée, j'ai réfléchi que ce genre de filles se trouve généralement dans les bars minables qui fleurissent sur Garden, Hanover, Prince, enfin dans ce coin à putes et camés que les jouvencelles de bonne famille ne fréquentent pas.

» Je m'y suis donc pointé et j'ai reniflé dans les poubelles, et je peux vous assurer que ça schlingue un max, les poubelles de ce coin-là ! Bref, ce quartier est en chantier depuis Mathusalem et ne sera jamais fini parce qu'il faudrait en virer tous les cloportes qui y crèchent et on saurait pas quoi en faire.

» Bon, dans une ruelle pas pire qu'une autre, je

repère du sang par terre... Rien d'anormal, pour ce coin, mais y en avait quand même beaucoup. Je suis, et ouvre une poubelle où je dégotte sous... enfin au milieu de divers détritus, une brique couverte de sang et de cheveux. J'appelle une patrouille et lui demande de la porter fissa au labo pendant que moi je me farcis les patronages du coin. Bingo. Dans un des rades les plus toquards, les plus poisses, le barman se souvient vaguement avoir déjà vu la môme Woolworth. Elle faisait la retape pour un repas chaud. Et, elle, c'était une vraie blonde.

— Comment ça ?

Il sourit d'un air mystérieux et sort une liasse de papiers de sa poche.

— Parce que la deuxième victime, Marylin Basheing, n'était pas une vraie blonde. Cheveux clairs, certes, mais pas blonds. Et elle a été scalpée. Ces empaffés des labos ne l'ont pas signalé. C'est pas beau, ça ?

— Ouais... je ne vois pas bien où vous voulez en venir. On sait si le sang qui est sur la brique est celui de Millicent... ?

— Si monsieur Archie le permet, je vais appeler illico le labo.

— Contentez-vous d'avoir des quarters, dis-je en lui désignant la cabine.

Il y fonce et s'y enferme et je le vois discuter avec vivacité.

Il est trop, ce mec. Non seulement ça a l'air d'être un super flic, mais en plus il est d'une humeur sans égale. On a toujours l'impression qu'il revient de la plage où il a rencontré la femme de sa vie, alors que dans le cas présent il s'est traîné dans les déchets de gens qui le sont eux-mêmes. Il revient, un peu plus rayonnant, si possible.

— C'est le sien. On a relevé aussi sur ses vêtements

une tache de sperme. Et elle a bien été violée. Ils font une recherche d'ADN.

— Bravo, Rome. Continuez comme ça et vous allez remplacer Franklin.

— Vous croyez ?

— Non. Mais c'est du bon boulot. Si vous avez fini de déjeuner on va aller voir le barman qui se souvient de Millicent.

Je considère pensivement Archie, qui, assis à sa caisse, est en train de faire des mots croisés, alors qu'une demi-douzaine de gus lui tendent fébrilement leurs additions accompagnées de dollars.

— Archie, encaisse-les, s'il te plaît, et mets aujourd'hui sur ma note, lui crié-je sans qu'il relève les yeux et je sors suivi de Rome.

— Comment vous l'avez connu ? demande Rome hilare alors qu'on reprend sa voiture.

— Je vous expliquerai.

Notre balade va nous faire traverser Boston d'est en ouest à une heure où tout un chacun sort de son trou pour s'empiffrer de hamburgers et autres gâteries.

Rome essaye par Broadway pour éviter de se faire coincer dans les petites rues où les camionneurs adorent faire stationner leurs trente tonnes. Mais Broadway, à une heure de l'après-midi, c'est pas le Serengeti, et on se retrouve bientôt pare-chocs contre pare-chocs.

Moi, je n'ai pas de voiture à cause de ça. Je ne supporte pas les embouteillages. Ça me rend dingue. Je prends des taxis que je quitte, quand je suis coincé, pour sauter dans un autre qui avec un grand détour va m'amener à mon lieu de destination. Ce n'est pas le plus économique mais ça m'évite de me shooter au Valium.

— Dégagez-vous, dis-je.

Il me jette un regard étonné.

— De quel côté ?

— Je sais pas, avancez.

Il soupire, tourne son volant, bloque le flot adverse, fait un demi-tour acrobatique et revient en arrière.

— Voilà, je me suis dégagé, mais on va dans l'autre sens.

— Arrêtez-vous, on prend le métro, dis-je en tapant sur son tableau de bord.

— Quoi !

Mais je suis déjà dehors et m'engouffre dans le tube. Il est bien obligé de me suivre et dégringole les escaliers derrière moi en braillant qu'il va récolter une « prune » d'au moins quatre-vingts dollars pour avoir parqué sa voiture à un endroit aussi interdit.

— On demandera à Franklin de vous la faire sauter, dis-je en m'arrêtant devant un plan.

Bon, pas facile non plus, le métro. D'abord l'Orange Line, ensuite la Red, et d'après le plan une bonne balade à pied. Mais tout vaut mieux que d'être coincé dans un tas de tôle au milieu d'autres tas de tôle.

On met pas loin de quarante minutes pour arriver à destination. Le temps qu'on aurait mis en voiture. On débouche sur Prince et tout de suite on doit enjamber des poivrots couchés au milieu du trottoir.

Rome part sur Hanover et je le suis. Il cherche d'un côté et de l'autre.

— J'arrive pas à me repérer dans ce foutoir. C'est pas pareil de jour et de nuit. Ah, j'crois bien qu'c'est là. Oui, c'est dans le coupe-gorge à côté que j'ai trouvé le sang et la brique.

On traverse, et on entre dans ce qui pourrait être un garage ou une décharge, si c'était plus clair et plus propre.

J'attends que mes yeux s'habituent aux ténèbres et je me dirige vers le comptoir qui doit mesurer trente mètres de long sur autant de crasse. Je n'ose même pas y poser les coudes. J'avise un gus en train de revisser une ampoule en me demandant pourquoi il a choisi spécialement celle-là, alors que toutes semblent grillées.

— Salut, dis-je.

Il me jette un vague coup d'œil du haut de son escabeau.

— C'est vous le barman du soir ?

Là, il me regarde carrément comme un débile.

— D'après toi ?

— C'est un autre.

— T'as tout bon, mon pote, répond-il en filant un coup de chiffon machinal sur le haut de la machine à café et en le retirant goudronné.

— Et on peut le trouver où ?

Il soupire et descend en s'essuyant les mains sur son chiffon graisseux.

— À l'église, c'est le jour de sa première communion.

Rome sort la photo de Millicent.

— Ça te dit quelque chose ?

Le type se gratte le nez, fait semblant d'éternuer, et secoue la tête.

— J'vous d'mande même pas pourquoi, j'sais qu'vous êtes des flics. Pour lui, j'étais pas trop sûr, dit-il en me désignant d'un pouce qui a dû passer les dernières heures dans un égout, parce qu'il fait plutôt pédé branché, mais pour toi, bamboula, ça crève les yeux !

Rome est encore une fois plus rapide que moi. Va falloir que je reprenne le chemin de la salle. Il attrape le mec par sa chemise défraîchie et le secoue avant de le hisser sur la pointe des pieds de l'autre côté du comptoir.

— Écoute, ma poule, tes vannes, j'en ai rien à

foutre. Parce que c'est vrai que lui c'est un pédé, j'veux seulement qu'tu r'gardes cette putain de photo et que tu m'racontes ta putain d'histoire sur cette môme, parce que même si tu vis comme une taupe dans ce gourbi, tu sais quand même qu'elle s'est fait dessouder.

Le mec papillote des paupières, renifle un coup et crache.

— Tout c'que j'sais c'est qu'les gars l'appelaient la Rouleuse. Vous pigez pourquoi ? Camée à l'acide et branque en permanence. Elle zonait pas loin avec d'autres rats, elle v'nait ici quand elle voulait ramasser un micheton. Voilà, ça vous plaît ?

— Beaucoup, dis-je. Mais ce qui nous plairait encore plus, c'est si tu nous disais ce qu'elle a fait avant-hier soir où elle était ici, et avec qui elle est partie.

— Ça, c'est à Bob qu'il faut le demander ! répond-il d'un ton joyeux.

— Le premier communiant ?

— Tout juste. Je charriais pas quand j'vous parlais d'église. Y en a une désaffectée où se réunissent ses potes et lui pour jouer au craps. C'est au bout de la rue à côté. Faites gaffe où vous marchez, ça sent pas toujours bon !

— On se sera mithridatisés chez toi, dis-je avec un sourire.

— Quoi ? fait le mec.

— Allez, arrivez, dis-je à Rome qui me regarde aussi avec un air éberlué.

SUZAN est partie avec les enfants chez sa mère à Chicago pour le week-end d'Halloween. Je suis content d'être seul avec Harvey. Curieusement, tout en paraissant s'entendre, Suzan et lui s'ignorent la plupart du temps. Je sais que pour elle ce n'est pas facile. Harvey est très souillon et Suzan très ordonnée.

Je ne suis pas content de mon frère. Par bravade imbécile il a téléphoné à la police pour se vanter de son dernier exploit. Je me suis foutu en rogne et lui ai dit de fiche le camp. Heureusement qu'il a attendu le départ de Suzan.

On était convenus d'aller pêcher ensemble, mais quand je suis descendu il n'était pas là et il est arrivé plus tard.

— Où étais-tu ? ai-je demandé.

Il a pris un air idiot et m'a répondu :

— J'ai été donner un coup d'main à la flicaille.

— Quoi ?

Il s'est esclaffé et a précisé.

— Ton pote, y s'appelle bien Goodman ? Ben le pauv', y patauge ! Alors j'me suis dit qu'il aimerait bien qu'on l'dépanne.

— Qu'est-ce que t'as fait ?

— Moi ? Ben j'ai dit que la fille m'avait énervé et qu'j'l'ai eue avec une brique.

— Quelle brique ?

— Ben, là bas, dans la ruelle. J'l'ai affranchi aussi pour les deux autres.

Je suis resté pétrifié sur ma chaise pendant que cet abruti riait comme un bossu. Une violente colère m'a pris et je me suis jeté sur lui. On s'est battus mais je suis plus fort que lui et je l'ai à moitié assommé.

— Tu vas fiche le camp d'ici, je ne veux plus jamais te voir !

Il m'a regardé étonné.

— Écoute, je suis ton frère, ton petit frère. T'as promis à maman de veiller sur moi.

Je l'ai giflé et sa tête a été valdinguer contre le mur. Son front s'est ouvert et il a pissé le sang. Effrayé, je l'ai monté dans la salle de bains où j'ai nettoyé sa plaie.

Il gémissait comme un gosse. On aurait dit qu'il avait dix ans. Je ne savais plus quoi faire. Mon frère est fou, j'en suis sûr maintenant. Il faut être fou pour faire ce qu'il fait et ne pas se rendre compte de ses actes.

Je n'ai jamais voulu l'admettre même quand mon père l'affirmait.

Mon père était très sévère avec lui et ne lui passait rien. Il lui disait toujours qu'il terminerait sur la chaise électrique. Moi, j'étais terrorisé d'entendre ça, mais Harvey, ça le faisait rire. Je crois bien que c'est le chagrin qui a tué mon père.

Un jour, on l'a trouvé pendu. J'étais en permission et c'est moi qui suis tombé dessus. Je l'ai décroché et je suis resté à sangloter jusqu'à ce que j'aie l'idée d'appeler la police.

La première chose qu'ont fait ces abrutis c'est de m'engueuler de l'avoir décroché.

« On ne doit pas toucher un cadavre, a dit l'inspecteur, à cause des indices. »

Heureusement, il y en avait un autre qui lui a dit que c'était compréhensible et que de toute façon c'était un suicide. Ils se sont disputés parce que le premier disait n'être pas sûr à cause de trucs qui lui semblaient pas clairs. En fin de compte, ils ont laissé tomber.

Moi, je suis sûr que c'est le chagrin d'avoir un fils comme Harvey qui l'a tué. Mais est-ce que je pouvais en vouloir à mon petit frère d'être comme il est ? Sûrement pas. En revanche, j'en voulais à mes parents de ne pas l'avoir fait soigner. Un gosse malade, la polio ou n'importe quoi, on le soigne. Alors, pourquoi pas Harvey ?

Je pensais à ça en tenant Harvey contre moi, alors qu'il pleurait en me demandant pardon d'avoir prévenu les flics.

— Et s'ils te trouvent ?

— Pas d' danger.

C'est vrai qu'il y avait peu de chances. À moins d'être pris sur le fait.

— Il ne faut plus recommencer. Je sais que quand tu fais ça tu perds la boule. Mais tu ne dois pas tuer des jeunes filles.

— C'est elles qui me poussent, a-t-il gémi.

— Qu'est-ce que tu racontes ?

— Elles ne sont jamais comme elles devraient être.

J'ai essayé de comprendre, mais peine perdue. Sa tête s'en va en charpie. Je ne sais plus quoi faire. Est-ce que je peux dénoncer mon frère ? C'est impossible. Le faire soigner ? C'est trop tard, je le sais. Alors quoi ? Mon Dieu, je ne sais pas si vous existez, mais je vous en supplie, éclairez-moi.

— OUAIS, effectivement, elle était là.

On a dégotté le barman de nuit à l'endroit indiqué. On a eu du mal à lui faire lâcher sa partie de craps. Plus on va, plus je m'aperçois que les gens se foutent complètement des flics. Avant, ils en avaient plus ou moins peur, et encore avant, un vague respect. À présent, c'est tout juste s'ils ne crachent pas sur nos plaques quand on les exhibe.

— Bon, elle était là, seule ? je lui demande.

Rome surveille ses partenaires qui ont tous des gueules d'empeigne. Lui, comme moi, doit penser que ces types n'attendent qu'une occasion pour nous faire notre fête. Il a ostensiblement la main dans l'échancrure de son manteau.

— Ouais.

— Toute la soirée ?

Il hausse les épaules.

— C'que j'sais ! Y avait au moins cent cinquante tordus comme elle ce soir-là ! Elle était seule et pas seule !

— Explique-toi, soupiré-je.

— Ben, ce genre de gonzesse elle reste pas seule tout l'temps. Si elle vient là c'est pour trouver un pigeon !

— Elle se prostituait ?

Il hausse encore les épaules.

— Non, mais d'où vous sortez, vous des fois ? Vous avez déjà vu une rosière venir dans ce genre d'endroit ?

— Bon, donc, elle n'était pas seule.

— J'ai pas dit ça ! Elle est arrivée seule, ça c'est vrai. J'm'en rappelle pasqu'elle est arrivée tôt et qu'elle a été se coller dans son coin favori. Après, moi j'en sais rien !

— Elle venait souvent ?

— Ouais.

— Et elle repartait toujours avec quelqu'un ?

— Ça dépendait.

— Et ce soir-là elle est partie avec quelqu'un...

— Ouais.

Il me lance un coup d'œil parce qu'il a compris qu'il venait de se faire avoir.

— Comment était le type ?

— J'ai pas fait attention.

— Blond, brun ? demande Rome de sa place.

— Bl... blond, ouais, je crois, j'en sais rien.

— Jeune, vieux ?

— T'es pas obligé de répondre ! lance un de ses potes de loin. Prends un avocat !

Rome se tourne vers lui.

— Il a pas besoin d'avocat, pour l'instant il est juste interrogé comme témoin, alors toi, ferme ta gueule !

— Alors, jeune, vieux ? répété-je.

— Jeune, je crois.

— Tu le connaissais ?

— Jamais vu !

— Tu le reconnaîtrais ?

Il se marre franchement.

— Tu t'touches, inspecteur. T'as vu la lumière

qu'y a là-bas ? J'reconnaîtrais même pas ma mère si elle v'nait à m'parler !

— T'as pourtant vu qu'elle partait avec lui.

— Ouais, pasque j'lui ai d'mandé en passant si elle r'venait pasqu'elle m'devait une ardoise, mais le mec qui l'accompagnait, j'l'ai pas regardé. Du coup son ardoise j'peux m'la goinfrer !

— T'es sûr ?

— De quoi ? Du mec ou d'l'ardoise ? Oh, merde ! fais chier ! Toute façon, cette gonzesse elle pouvait finir que surinée. Fallait voir c'qu'elle se ramassait !

Mon portable sonne à cet instant.

— Oui ?

— Franklin. Rappliquez au poste.

— Qu'est-ce qui se passe ?

— Il y a une commission pour vous.

— Quoi ?

— L'assassin vous a appelé.

FRANKLIN nous attend dans le bureau, Rome et moi.

— On a enregistré ? attaqué-je en débarquant.

— Non, le temps qu'on réalise, il avait raccroché.

— Qu'est-ce qu'il a dit ?

— Que c'était lui qui avait tué Millicent Woolworth avec une brique, et les deux autres aussi, répond Finkelstein qui a pris l'appel.

— Les deux autres aussi ? Il a donné des détails ?

— Pour la dernière, oui. Et comme on n'en a pas encore parlé dans la presse il n'y avait que lui à le savoir, répond Franklin. Il a dit qu'il l'a transportée ailleurs après l'avoir tuée.

— Quel genre de voix ?

— Blanc, jeune, accent populaire.

— Un accent provincial ?

— Non, enfin j'ai pas eu le temps de me rendre compte. Il t'a demandé, répond Finkelstein, nommément, et m'a dit que je devais te dire qu'il voulait t'aider.

— M'aider ?

— Encore un qui veut passer à la télé, dit Rome.

— Qu'est-ce qu'il a dit d'autre ?

— Quelque chose d'intéressant, répond Franklin. Qu'il regrettait mais ne pouvait pas s'en empêcher.

— Quoi ?

— Texto, dit Finkelstein.

— Et quoi d'autre ?

— Rien, il a raccroché. Tu sais, maintenant tout le monde est au courant du temps qu'il faut pour repérer un appel.

— Nom de Dieu, crache Rome, nous v'là bien ! Un psychopathe, un putain de psychopathe !

— Vous avez prévenu le FBI ? demandé-je.

— Ouais. Kernel a dit qu'il arrivait, indique Franklin.

Effectivement, la porte s'ouvre à cet instant devant le Kernel en question.

— Messieurs, salue-t-il en nous serrant la main. Alors on a du nouveau, capitaine ?

— On dirait.

Kernel soupire, et s'adosse au bureau.

Il a une petite quarantaine et à son actif pas mal de réussites comme profiler. Il est petit, mince, soigné, et l'œil en vrille. Il ne vous regarde pas, il vous autopsie. Franklin lui raconte le coup de fil.

— Je me doutais que c'était un seul et même fils de pute, dit Kernel. Bon, on va faire jouer les grosses têtes.

Dans le langage de Kernel les grosses têtes sont ses ordinateurs. On dit qu'il passe le plus clair de son temps à leur parler et qu'il leur fait dire des choses incroyables.

Moi qui ai du mal à me servir de mon portable, je suis toujours impressionné.

— D'abord, on va chercher tous les cinglés remis en liberté dans le coin. Il me faut du monde, capitaine, dit Kernel en jetant un coup d'œil circulaire.

— Vous en aurez autant que vous voulez.

— Et la presse ? demandé-je.

— À l'écart, répond Kernel. Pas de lien entre les meurtres pour l'instant.

— Ils ont déjà imprimé le contraire, je fais remarquer.

— Pour les deux premiers. Celui-là on se le garde. Au fait, comment sait-il que c'est vous qui vous occupez de l'affaire ?

— Aucune idée, à part que les journaux ont cité mon nom en ce qui concerne l'assassinat de Marylin Basheing.

— Ah bon.

Il réfléchit en se mordillant l'ongle du pouce.

— On va fouiller les fichiers. Quels liens voyez-vous entre les trois meurtres ?

La demi-douzaine de flics présents font la même grimace dubitative. On dirait un rang de girls de Las Vegas. Vu les proportions que prend l'affaire, Franklin a rameuté ses troupes et la moitié de la brigade est sur le coup. La moitié, sauf Fremont.

Pour ne pas perdre la face, Franklin s'en est débarrassé en l'envoyant en renfort au port où des collègues attendent un déchargement de coke qu'on leur a signalé. Avec lui, ils sont sûrs de le rater.

— Des filles, jeunes, blondes, droguées, qui vivent dans la rue, répond Franklin.

— Pas vraiment blondes, rétorque Rome qui tient à son idée. La deuxième, Basheing, était une fausse blonde…

— D'où, scalpée et perruque, j'ajoute.

— Oui, mais la dernière était une vraie blonde, marmonne Franklin.

— D'où, pas besoin de perruque, souligné-je.

— Mais violée, dit Rome.

Des têtes de flic qui gambergent c'est pas si courant, mais ça donne une bonne ambiance.

— C'est là-dessus qu'il faut chercher, dit Kernel au bout d'un moment.

— Sur quoi ? sursaute Franklin. Des blondes, des fausses blondes, des à qui on coupe le nez et d'autres à qui on écrase tout ?

— Qu'est-ce qu'a dit le morpho ? demande Kernel.

— Qu'à son avis le dingue recherchait un style de fille et que, n'en trouvant pas à son goût, il les arrangeait pour qu'elles se ressemblent un chouïa. Il y a des petits points communs entre elles, répond Franklin.

— Ouais. Eh ben on n'est pas dans la merde, dit Kernel calmement.

— On est d'autant plus dans la merde que cet enfoiré ne laisse aucun indice derrière lui. Donc, sujet brillant, dit Rome.

— Qui ne colle pas avec sa façon de parler, rétorque Finkelstein.

— Pourquoi ? demande Kernel au sergent qui imite illico l'accent populaire du type.

— Ouais...

— Il peut y avoir des gens intelligents qui n'ont pas été à l'école, dis-je. Et son accent popu peut venir d'un milieu défavorisé. Ça ne l'empêche pas d'être malin.

— C'est exact, convient Kernel.

— Alors, qu'est-ce qu'on fait ? demande Rome.

— Je vais mettre mon équipe là-dessus, répond Kernel. Tant que je n'ai pas le début d'une réponse, on attend.

— Qu'il en tue une autre ? je m'enquiers.

— Qu'est-ce que vous a dit le loufiat qui a vu la fille en dernier ? intervient Franklin.

— Qu'elle est partie avec un type dans les vingt,

vingt-cinq ans, mais qu'il était incapable de nous en donner un signalement.

— C'est sûr ?

— Probable. On est allés dans le rade, répond Rome, et c'est vrai qu'on ne voit pas sa main si on la tend devant soi. C'est déjà un miracle qu'il ait remarqué la fille et le type.

— Bon, dit Kernel, je regagne mes pénates. Continuez à réfléchir, les gars.

J'AI eu ma mère au téléphone, tout va bien. Elle m'avait demandé de prendre des nouvelles de Spartacus en pension dans un *home* et je lui ai dit qu'il s'amusait beaucoup avec une airedale de trois ans. Je ne suis pas certain qu'elle sache ce qu'est une airedale, mais ça l'a rassurée de savoir que Spartacus avait fait une conquête.

Je prends un taxi pour aller dîner chez Julia qui a invité Brian qui est seul. Quand j'arrive il est déjà là et ils sirotent mon whisky préféré.

— Faut pas vous en faire, dis-je en embrassant Julia. J'espère au moins que vous savez ce que vous buvez ?

— C'est le meilleur whisky que j'aie bu depuis longtemps, reconnaît Brian.

— Et que vous ne boirez pas avant longtemps, rétorqué-je. C'est le plus cher du marché.

— Mais vous êtes riche, dit Brian.

— C'est pour ça qu'il me plaît, dit Julia.

— C'est souvent la meilleure raison des femmes, dit Brian.

— Mon Dieu, quel macho ! soupire Julia.

— C'est pour ça que Suzan vous a quitté pour sa mère ? demandé-je.

— Non, c'est parce que je refuse d'acheter des bonbons pour les enfants à Halloween, ça leur fait mal aux dents.

Julia file dans la cuisine pendant que je prends un second verre avec Brian. Il me paraît plus détendu que d'habitude, en tout cas il semble plus à l'aise sans sa femme. Il y a des hommes comme ça qui ne sont eux-mêmes que seuls. Il me parle de son travail et tout naturellement la conversation dérive sur mon enquête.

— À table, dit Julia.

On s'installe et pendant qu'on déguste le curry d'agneau, une de ses grandes spécialités, Brian revient sur les meurtres.

— J'ai lu les journaux aujourd'hui et ils disent qu'une troisième fille a été assassinée vers le port, dit-il en se resservant. Délicieux, Julia, une merveille.

Je sursaute.

— Dans quel journal l'avez-vous lu ?

— *Boston Chronicle*, je crois. Pourquoi ?

— Pour rien. À part que la presse devait être tenue à l'écart, je marmonne.

— Dans ce pays, c'est impossible, répond Brian avec véhémence. C'est un véritable pouvoir en même temps qu'une dictature. Si j'étais au gouvernement je saurais la faire taire !

Je lui lance un coup d'œil, étonné de son ton passionné. Décidément, connaître la nature des gens relève de l'exploit. Ce petit gars bien propre sur lui a des aspirations de tyran.

— C'est vrai qu'il est très réussi, ton curry, dis-je à Julia, histoire de changer de conversation.

— C'est le même type ? reprend Brian qui paraît tenir à son idée.

— On ne sait pas. Malheureusement des jeunes filles assassinées, ça ne manque pas

— Oui, bien sûr. Pas de similitudes avec le meurtre de Marylin Basheing ?

Je ne sais pas quoi répondre. Je suis toujours coincé sur ces coups-là. Tant qu'une enquête est en cours on doit la fermer. C'est une règle, surtout que dans ce cas on ne veut pas que la presse fasse le rapprochement, et Brian connaît beaucoup de monde.

— Pas vraiment.

— Il paraît que l'une d'elles portait une perruque ?

— Heu…

— Et pas celle-là ?

— Brian, intervient Julia, je ne sais pas si vous vous rendez compte mais vous mettez mon chéri sur le gril…

— Pour quelle raison ?

— Parce que, dis-je, nous ne pouvons pas parler d'une affaire en cours.

— Oh, excusez-moi, Sam, je ne voulais pas être indiscret.

— N'en parlons plus. Et vous, des films en train ?

Après, on parle cinéma, et Brian nous confie sa frustration de ne pas réaliser des choses plus personnelles.

— J'ai des idées et pas les moyens de les réaliser, se plaint-il.

— Quel genre d'idées ?

— La dualité des gens, les différentes facettes d'un personnage. On a tendance à considérer un seul aspect. Dès que l'on vous a mis une étiquette vous ne pouvez en changer et on vous donne les mêmes rôles. Un des livres que j'ai préférés quand j'étais jeune c'était celui de Stevenson, *Dr Jekyll et Mister Hyde.*

— Vous voulez dire que nous sommes tous plus ou moins des Jekyll et des Hyde ?

— Absolument. Stevenson s'est servi d'un criminel comme exemple, mais sans aller aussi loin nous sommes capables du pire et du meilleur. Il n'y a que dans des circonstances particulières ou graves que l'on peut exactement savoir qui l'on est. On ne naît pas héros ou lâche, on le devient.

— Intéressant, dit Julia.

— Un homme peut être un mari et un père exemplaires et en même temps une crapule. Regardez, dans une guerre, le petit bonhomme effacé qui se jette sur la mitrailleuse ennemie, ou le citoyen que l'on croyait honorable et qui devient un soudard quand l'occasion lui en est donnée. Nous ne savons pas qui nous sommes avant d'être confrontés à une situation exceptionnelle. Et il y a les sentiments qui parfois nous dominent et peuvent modifier nos comportements.

— Et c'est ce que vous voudriez montrer dans un film ? demande-t-elle d'un air intéressé. Ça a déjà été fait, non ?

— Tout a été fait, la différence c'est le traitement.

— Exact, admet Julia. Encore du café ?

Brian s'incruste, et moi je suis crevé. Je les écoute vaguement en roupillant dans mon coin.

Je n'ose pas rentrer me coucher car je sais que ça ne va pas plaire à Julia, et tout à coup je me demande pourquoi je cherche toujours à ménager la chèvre et le chou.

Mon psy aurait déclaré (d'ailleurs il a dû le faire) que c'était parce que je me sentais une dette envers les autres. Pourquoi une dette ? Parce que, aurait-il suggéré, et quand votre psy suggère autant prendre une batte de base-ball pour le contredire, vous souffrez d'un sentiment de supériorité. Ah bon ? Supériorité ? J'aurais cru le contraire, aurais-je probablement répliqué. Que nenni, aurait-il répondu en se frottant le menton (c'était un tic de mon psy), comme l'homme aime se montrer magnanime à peu de frais, quand il se considère au-dessus des autres il consent à céder un peu de son pouvoir car il pense que ça ne le met pas en danger. Ce ne serait pas tout bonnement par timidité ? aurais-je encore tenté. Précisément, aurait-il renchéri, vous venez de mettre le doigt dessus. On pense que les timides sont des gens complexés, c'est exact, mais pas à cause d'un sentiment d'infériorité ! On est timide parce qu'on s'imagine, un, être le point de mire de l'assistance, ce qui vous empêche par exemple d'entrer naturellement dans un quelconque lieu public, deux, parce que, compte tenu de la richesse de votre personnalité que l'on décèle immédiatement d'après vous, on attend que vous fassiez un numéro !

Je fais taire mon psy, me lève et déclare tout de go que je n'en peux plus et que je vais me coucher. Et tous les deux me regardent comme si j'avais craché par terre, mais je suis tellement épuisé qu'avant que l'un ou l'autre réagisse, j'attrape mon manteau, embrasse Julia, serre la main de Brian qui s'est levé et semble prêt à me suivre, mais je dis fermement :

— Vous dérangez pas pour moi.

Car en plus, tout à coup, me reviennent les images de Marylin et Millicent, l'une scalpée et l'autre défigurée comme si elle était passée sous un rouleau compresseur, et je me dis que je n'ai pas le droit de perdre mon temps à ergoter sur le sexe des anges alors que je ne suis pas foutu de dégotter le moindre indice qui me mette sur la piste du cinglé qui les a martyrisées.

Et je me retrouve dans la rue où tombe une pluie glacée caractéristique de la bonne vieille Boston en cette saison, et je loupe deux taxis avant d'en arrêter enfin un qui consent à me ramener chez moi où je me déshabille à toute vitesse et me fourre au lit, où je reste complètement éveillé pendant des heures.

Le second coup de fil arrive le lendemain et je le prends directement.

— Lieutenant Goodman, annoncé-je en décrochant.

— Bonjour, lieutenant, répond une voix d'homme. Je vous téléphone parce que je crois que vous avez quelques ennuis.

Par réflexe, davantage que par réflexion, je branche le magnétophone.

— Ah bon ? D'habitude les gens me téléphonent parce que ce sont eux qui ont des ennuis.

Rome, de l'autre côté du bureau, tend l'oreille. À l'autre bout, le type se met à rire.

— Exact, lieutenant, mais dans le cas présent c'est vous qui nagez, et ça peut se comprendre.

— De quoi parlez-vous ? demandé-je en branchant le haut-parleur.

— Du meurtre des trois filles. Vous pataugez, vous et les vôtres, parce que vous ne savez pas pourquoi elles ont été exécutées.

— Exécutées ? Ce mot ne convient pas, elles ont été massacrées. — Et pendant ce temps je fais des grands signes pour qu'on repère l'appel, et un flic fonce à la technique. — Massacrées par un fou. Mais en quoi cette histoire vous concerne-t-elle ?

— Parce que je sais qui les a tuées.

— Dans ce genre d'affaire on reçoit des wagons de coups de fil comme le vôtre. Vous êtes qui, monsieur ? — Silence à l'autre bout. — Est-ce vous qui les avez tuées ? Sinon pouvez-vous me donner votre nom ? Nous avons dix appels par jour de citoyens qui s'accusent.

Dans le poste, tout le monde s'est tu. Franklin sort de son bureau sur la pointe des pieds.

— Je ne m'accuse pas, reprend l'homme posément, je vous dis que je connais le tueur. Mais je vous en prie, ne parlons pas de folie, enfin pas dans le sens où vous l'entendez. Il est parfois aussi épouvantable de devoir tuer que de l'être. Ces filles sont des faussaires. Vous allez me rétorquer qu'en général on ne tue pas les faussaires, qu'on les emprisonne, n'est-ce pas, lieutenant ?

— C'est vrai. Cependant si vous voulez nous aider à arrêter ce tueur il faut que vous nous disiez ce que vous savez sur lui.

— Ce serait une longue histoire, une autre fois peut-être…

Il y a un nouveau grand silence à l'autre bout et j'ai peur qu'il ne raccroche. J'entends le combiné taper contre quelque chose et le souffle de l'homme changer de rythme.

— J'sais pas. C'que ch'sais, c'est que c'qui vous aiderait le plus c'est qu'je m'arrête de tuer, et j'le voudrais parce que j'suis pas un méchant garçon. Mon frère le sait, et lui m'connaît bien, grasseye-t-il.

Le type vient brutalement de changer de voix. Jusque-là, il s'exprimait comme quelqu'un possédant une éducation, jouissant d'un bon niveau social, et tout à coup le ton s'est modifié et l'accent est devenu ordinaire.

— Vous avez un frère ?

— Ouais.

— C'est vrai que si c'est vous qui les avez tuées et que vous arrêtiez, ce serait parfait. Ce qui serait bien aussi ce serait qu'on se rencontre et qu'on en parle.

— Mais on s'parle, lieut'nant.

— Je veux dire en se voyant.

— Avec des bracelets aux poignets ?

— Il est certain que si vous êtes vraiment l'assassin… Est-ce déjà vous qui avez appelé ?

— J'le suis lieut'nant. Ouais, c'est moi qui ai d'jà appelé. La dernière aurait suivi n'importe qui pour une prise de blanche, et ça m'a pas plu. C'est vrai qu'c'est d'ma faute parce que j'aurais dû m'rendre compte tout d'suite qu'c'était une traînée.

Le flic de la technique indique par gestes qu'il a localisé l'appel, et déjà Rome et trois autres inspecteurs foncent à l'extérieur pendant que Franklin commande des renforts par téléphone.

— C'est quoi pour vous, une traînée ?

— Comme pour vous, lieut'nant, comme pour tous les mecs, une gonzesse qui s'couche quand on lui dit d's'asseoir, ricane-t-il.

— Admettons. Mais vous vouliez qu'elle vous suive pourquoi ?

— Parce que j'voudrais trouver une fille bien, honnête quoi, propre, et qu'j'trouve que des traînées.

— Mais si vous les choisissez dans ce genre d'endroits vous ne pouvez pas espérer…

— Excusez, lieut'nant, mais l'air va d'venir malsain pour moi dans peu d'temps, j'vous rappelle.

Franklin annonce que le type appelait d'une cabine

et que nos gars sont sur place. Mais trente secondes après, mon portable sonne et j'ai Rome au bout du fil.

— À un poil près ! hurle-t-il, l'a même pas raccroché ! Vous pouviez pas le garder un peu plus !

— Désolé, dis-je sèchement.

— Nom de Dieu ! hurle-t-il encore avant de couper.

— Ils l'ont loupé, dis-je à Franklin qui m'a rejoint.

— Merde ! merde ! merde ! l'enfoiré !

C'est la première fois que je le vois perdre son foutu calme. Il est vert de rage.

— C'était lui, hein, c'était lui ?

— C'est celui qui a déjà appelé ? demandé-je au sergent Finkelstein.

— Oui, Sam, c'est lui. On peut pas se tromper. Une petite frappe dangereuse. Par contre, celui qui a parlé en premier, je l'ai jamais entendu.

— Oui, curieux, ce truc...

— Quoi ? demande Franklin.

— Rien, les deux voix...

Les gars me regardent sans comprendre.

— Je veux dire.... commençé-je sans beaucoup de conviction... deux types... deux frères... enfin, je les sens pas.

Franklin me balance un coup d'œil exaspéré. C'est vrai que mon raisonnement a du mal à tenir debout.

— Il rappellera. Mais faut cesser de penser qu'on le coincera lors de ses appels, on doit le trouver autrement.

— Ah ouais ? Si vous avez la combine, vous gênez pas !

— Je n'ai pas de combine, pas plus que vous. Cependant, on avance. J'ai sa voix. Il a dit avoir un frère. Qu'est-ce que je peux faire de plus ?

— Le piéger, ce fumier !

J'ai rendez-vous à l'agence locale du FBI pour faire analyser l'enregistrement.

Le bâtiment des fédéraux est autrement plus luxueux que celui des flics. Les contribuables savent au moins où va leur argent. Bien qu'antenne locale, il occupe un demi-bloc sur Colombus Avenue et Newton.

Je me présente, navigue sur un sol de marbre brillant comme le regard d'un bookmaker chanceux, passe sous le portique de détection métallique, et descends un étage pour retrouver James Faerberg, le Monsieur Son des fédés.

Je l'attends quelques instants dans une pièce entièrement nue, et il fait irruption de derrière un panneau de verre, se dirige vers moi en trébuchant deux fois sur rien, et se rattrape in extremis à mon bras.

— Excusez-moi, bonjour, je suis James Faerberg, bafouille-t-il.

— Enchanté, lieutenant Goodman.

C'est une grande tige frisée avec un regard lunaire. Il ressemble à un professeur de musique folklorique qui, au fin fond du Minnesota, vouerait sa vie à retrouver des airs anciens dont tout le monde se fout.

— Venez par ici, m'invite-t-il en se cognant dans la porte qu'il vient d'ouvrir, vous avez le bébé ?

J'acquiesce et je le suis, et là, attention, tout change.

Une pièce couleur ardoise, totalement insonorisée, aussi aérée qu'un sous-marin et, collées contre trois des murs, des consoles façon Boeing avec un million de boutons et de pistes couplées à des ordinateurs dernière couvée. Le rêve d'un DJ dément ou d'un Docteur Folamour.

Faerberg s'installe devant l'une d'elles, y introduit ma cassette, se coiffe d'un casque d'écoute, m'invite à m'asseoir, me tend des écouteurs, puis l'enclenche avec un sourire gourmand.

Boum, ça m'éclate dans les oreilles ! J'entends avec un son d'une inimaginable pureté le message de mon correspondant de la veille.

Je l'écoute au moins dix fois, et pendant ce temps Faerberg semble déguster du nectar. Au comble de l'excitation, il gratte furieusement sa tignasse et son regard se perd comme celui d'un mélomane transporté par sa symphonie favorite. Ses mains fébriles ne cessent de tripoter des boutons qui dessinent sur les écrans des zinzins multicolores qui paraissent l'enchanter.

Moi, bien sûr, je ne pige rien et, lassé, j'ôte mon casque, tandis que Faerberg prend d'une écriture illisible des notes sur un carnet.

— Bon, décide-t-il en ôtant son casque et en essayant de se relire avec quelque difficulté, semble-t-il. Deux hommes, tous deux blancs, caucasiens, l'un d'une quarantaine d'années, peut-être plus, peut-être moins, éduqué, habitude de s'exprimer dans un bon anglais, citadin côte Est, bonnes études. Le second, jeune adulte, a quitté tôt le collège, manière populaire de s'exprimer, milieu ouvrier ou chômeur, vit ou a été élevé dans un quartier défavorisé d'une grande ville… ou même à la campagne… Idaho… ou Wyoming. Heu… bon, ben c'est tout, me lance-t-il avec un sourire angélique.

— Comment, deux hommes ? Qu'est-ce que c'est que cette blague ?

Il prend un air peiné.

— Pourquoi ?

— Parce que je suis sûr qu'il a changé de voix pour nous dérouter. Il était seul.

Il secoue sa tignasse.

— Non, je crois deux, comme je vous ai dit. Son frère.

Je me recolle le casque sur les oreilles et demande à Faerberg de repasser la bande.

C'est bien deux voix qu'on entend, tellement dissemblables que je me demande ce qui me fait hésiter. Pourtant je ne suis pas convaincu.

— Il y a des gens qui peuvent prendre plusieurs voix, objecté-je à Faerberg, des imitateurs, des gens comme ça. Pourquoi êtes-vous si certain qu'ils sont deux ?

Il fait la grimace.

— Parce que même quand un homme imite la voix d'une femme, cette machine, me dit-il en désignant une espèce de rouleau couvert de courbes, est capable de déceler la structure phonique, ou tessiture. Pour une même voix, la tessiture ou la trame est toujours la même, quels que soient les sons, du soprano au baryton, chacun d'entre nous possède sa tessiture, un peu comme des empreintes digitales. Personne n'a exactement la même voix. Et là, j'ai deux tessitures différentes.

— Bon sang de bonsoir ! Alors ils sont deux. Un gentil et un méchant ! Et le gentil ne peut pas empêcher le méchant de tuer ! C'est quoi cette connerie ?

Il arrondit la bouche dans une grimace dubitative, se gratte la tête et me fixe sans me voir.

— C'est plus dur pour vous ?

— D'après vous ? je lui rétorque d'un air furieux.

— Je recommence, dit-il en recoiffant son casque.

Il écoute, cette fois avec un air moins extatique, griffonne fébrilement des notes.

J'étouffe dans cette pièce et n'ai qu'une envie : sortir. Comment fait ce malheureux pour passer sa vie dans ce tombeau ?

Il se décoiffe, se relit.

— Je suis troublé, lâche-t-il.

— À cause de quoi ?

Il tapote son carnet avec la mine de son crayon, puis le suce.

— Ces deux voix appartiennent à des hommes très différents... mais effectivement ça pourrait... alors... comment... ? — Il lève brusquement les yeux vers moi. — Faut me laisser la cassette, je dois l'étudier plus avant. Qu'est-ce que vous savez de ce monsieur ou de ces messieurs ? Non, ne me dites rien, tranche-t-il avec un geste coupant de la main, ça pourrait m'influencer.

Je me lève en attendant qu'il se décide, et vais vers la porte.

— On peut ouvrir ?

— Hein ? Heu, oui, dit-il en appuyant sur un bouton.

Et Sésame s'ouvre. Je respire.

— Il me faut très vite une réponse, monsieur Faerberg. Une réponse sûre.

C'est à son tour de me lancer un regard furieux.

— Pour du bon travail, faut du temps !

— Je sais, mais ce ou ces « messieurs », comme vous dites, ont déjà tué trois femmes et recommenceront si on ne les arrête pas avant.

J'ai dégotté le journal de mon frangin. J'ignorai qu'il en t'nai un. J'croyais qu'c'était réservé au gonzesses. À mon avis il a une vie de merde. C'es bien c'que j'pensai. Sa bonne femme est nul, moi elle m'énerve à toujour le contredire. Je la ferme pasque j'sui pas chez moi et qu'je sai que ça ferait pas plaisir à Brian. Mais j'me r'tiens drôl'men. Il est super, mon frère. C'est vrai qu'on n'ai plus qu'tout les deux et qu'il fau se sout'nir. J'savais pas que man' lui avai demander avant de mourir de s'ocuper de moi. Elle était chouette, man. Pa' aussi, bien qu'ce soit pas pareil. C'es vrai qui m'faisait pas vraimen confiance.

C'est super ce journal pasque quan Brian va le reprendre il lira ce que j'écris. Ce sera un journal à deux mains. Come les artistes.

Bon, je commence.

Mon cher Brian, j'ai été touché de te lire et de voir que tu m'aimai bien, comme moi, d'ailleur. Bon, je sai, jai fait des conneris et peut etre bien que jan ferai d'aute. Faut que je t'avou que toute ces filles qui me trompe, m'énerve. Elles nont aucune moral. rien. je vais faire atension, je te le promet mais faudra pas m'an vouloir si je crac encore. Ton frère qui t'aime et pense à toi. harvey.

Il fait un froid de canard ce soir mais je n'ai pas envie de rester chez moi. Je n'ai pas le moral et j'ai refusé d'accompagner Julia à une première au Hatch Shell, temple underground des créateurs incompris de tous poils, où un obscur chanteur libyen donnait un récital de chansons qui vomissaient l'Occident décadent et préconisaient, d'après ce qu'elle en savait, son anéantissement.

— Pourquoi tu dois t'imposer ça ? me suis-je étonné.

— Parce qu'on ne sait jamais et que le patron de ma boîte y tenait.

— C'est sympa de laisser s'exprimer en public un mec qui profite de notre système mais veut l'anéantir...

Elle a haussé les épaules et je n'ai pas insisté.

Cet après-midi j'ai fait un saut pour voir Spartacus comme me l'a demandé ma mère qui veut rentrer en fin de semaine, et à qui j'ai conseillé de laisser passer la vague de froid avant de revenir.

Je l'ai rassurée quant à la bonne forme physique et morale de son toutou qui a profité de mes caresses pour déposer sur un costume en mohair gris acier de chez Gucci un demi-litre de bave affectueuse.

Quand je suis cafardeux mon remède est d'aller discuter avec Archie. Dehors, une neige de pluie glaciale noie les grilles du square et dégouline sur les squelettes noircis de ses arbres qu'un vent coupant comme un poignard secoue dans tous les sens.

Je me décide et appelle un taxi. L'opératrice me dit qu'il y a au moins, compte tenu de la circulation difficile, vingt minutes d'attente, mais je lui dis de m'envoyer tout de même une voiture.

Je sais que, dans l'état où je suis, je ne dormirai pas. Ce que m'a raconté Faerberg en est une des causes.

Il m'a rappelé dans l'après-midi pour confirmer sa première impression. Il y avait bien deux interlocuteurs au bout du fil. J'ai cru que Franklin allait avaler ses lunettes dont il se plaît seulement d'habitude à sucer les branches.

— Qui c'est ce crétin ? a-t-il fulminé.

— Faerberg ? Un petit génie du son. Le *number one* de la technique. La Grande Oreille des fédéraux. S'il dit qu'il y avait deux hommes, c'est que c'est vrai, ai-je soupiré, à moitié convaincu.

— On a tous entendu la conversation. C'est vrai que la voix à un moment a drôlement changé, a fait remarquer Rome qui m'accompagnait pour annoncer la bonne nouvelle au capitaine.

— Oui, dis-je pensivement, c'est possible. La première voix me semblait... comment dire... ? familière quant aux intonations... mais je serais incapable de dire si et où je l'ai entendue... La seconde, alors, pas du tout.

— Ça voudrait dire qu'il y a deux assassins qui jouent en équipe ! a éructé Franklin. Nom de Dieu, mais ça change tout !

— C'est pas tout à fait ça. D'après ce que disait le

premier il ne peut pas empêcher son frère de tuer, mais lui ne tue pas.

— Et alors ça en fait un foutu complice, et il le sait bien ! Il va sûrement pas le balancer après trois meurtres ! Il se fout sur la chaise en même temps !

— Nous ne sommes sûrs que de deux meurtres, pour l'instant, ai-je objecté.

— Alors pour Naomi Crowley on est toujours dans le cirage ! Et ça change quoi, deux ou trois ?

J'ai hoché la tête d'un air embêté.

J'avais, je ne sais pas pourquoi, envie de le consoler. Je me rendais compte brusquement que ce type qui se plaisait à jouer un rôle détestable était en réalité un pauvre mec bourré d'incertitudes et de peurs qu'il cachait sous des allures fanfaronnes. Un bon exemple d'illustration des théories de Brian.

Le taxi arrive une demi-heure plus tard, j'enfile une parka et le rejoins.

— Cambridge et Felton, dis-je en montant.

Il me jette un œil dans son rétro.

— C'est à l'autre bout !

— Oui.

— Vous êtes sûr de vouloir y aller ? Vous avez vu c'qui tombe ?

— On peut rouler ou pas ?

— C'est casse-gueule.

— Vous êtes bien venu jusqu'ici.

Il me toise et hausse les épaules.

— C'est vous qui payez !

C'est vrai qu'il faut avoir une femme sur le point d'accoucher pour rouler cette nuit. Les rares passants se cramponnent à tout ce qu'ils trouvent de stable, comme les lampadaires et les murs. Mon taxi roule au pas et, même là, chasse dans les virages. J'espère qu'Archie sera resté ouvert. Enfin au bout d'une course ponctuée par les jurons du chauffeur, il me dépose à l'entrée de Felton.

— Vingt-cinq dollars, grogne-t-il d'un air dégoûté.

— En voilà trente, allez prendre un grog à ma santé, dis-je en descendant.

Je jette un œil dans la rue et aperçois la lanterne d'Archie à peine visible sous la pluie.

— Ça ira, merci.

Je glisse jusqu'au troquet et pousse la porte. Pour un coup ce n'est pas plein. Archie lève les yeux de son journal.

— Ben, mon cochon, qu'est-ce que tu fais dehors avec ce temps pourri ? grogne-t-il.

Je me secoue, accroche ma parka et vais m'installer au comptoir en face de lui. Rose arrive et me plaque sa bise habituelle sur la joue.

— Vous êtes glacé, qu'est-ce que vous faites dehors alors que vous avez une petite pigeonne toute chaude qui vous attend ? observe-t-elle.

— Ma petite pigeonne m'a laissé tomber pour aller applaudir un génie qui joue Hamlet en bosniaque.

— Ah bon.

Et elle retourne servir une tournée de vodka à deux couples avachis.

— Qu'est-ce que tu veux boire ? me demande Archie en posant son journal.

— Tu lis le yiddish ? m'étonné-je en voyant le canard.

— Qu'est-ce que tu crois, que j'ai perdu mes racines comme les gars dans ton genre ? Heureusement qu'il vous reste les vieux comme nous.

— Tu penses que j'ai perdu mes racines ?

— C'est pas seulement que tu les as perdues, tu ne sais même pas que tu en avais. Qu'est-ce que tu bois ?

— Un vin chaud avec de la cannelle et une part de strudle.

Rose qui a entendu me fait signe qu'elle s'en occupe.

— Tu sembles de mauvaise humeur ?

— Moyen de faire autrement ? grommelle-t-il en haussant les épaules.

Rose m'apporte mon strudel et mon vin chaud. Le tout a une délicieuse odeur.

— Qu'est-ce que c'est bon, dis-je en attaquant le gâteau.

— Voilà, ça c'est un bout de tes racines.

— J'ai été élevé au beurre de cacahouète, je réplique.

— C'est ce que je te dis. Les jeunes types comme toi vous êtes tous schizophrènes.

— Explique-toi, dis-je en avalant une rasade de vin. Il est bon, c'est quoi ?

— Du vin récolté au nord d'Israël, à la frontière, tu vois ? Là où ils se prennent des obus sur la gueule quand ils coupent les grappes. Vous êtes schizos, parce que vous ne savez pas qui vous êtes. Européen juif, Judéo-américain, Bostonien, rien du tout.

— Demande à ma mère.

— Te moque pas, heureusement qu'il en reste des comme elle !

— Comme quoi ?

— Des femmes qui savent cuisiner de la carpe farcie et du *tchoulent*[1] !

— Tu plaisantes ? Sortie du T Bone steak ou de la salade de thon, elle ne saurait pas quoi manger. Les plats de fête chez nous c'est la dinde de Thanksgiving.

---

1. Plat préparé le vendredi pour le shabbat.

— Arrh ! crache-t-il d'un air dégoûté. Ce monde court à sa perte !

— C'est drôle que tu me parles de schizophrénie, dis-je en faisant signe à Rose de me remettre la même chose. J'ai une sorte de copain l'autre soir qui me disait à peu près pareil. Mais lui trouvait ça plutôt intéressant.

— Intéressant d'être coupé en deux ?

— Ce n'est pas exactement ce qu'il disait. Il disait que nous sommes multiples et que nous ne savons qui nous sommes en réalité que dans des circonstances particulières.

— Il a raison.

— Il disait qu'un brave type peut devenir un assassin ou pire s'il en a l'occasion, ou qu'au contraire un insignifiant dans la vie peut se révéler un héros dans certains cas.

Archie grimace et secoue la tête.

— Ça demande des nuances, dit-il. Au camp, c'est vrai que des types que t'aurais jamais cru capables de quoi que ce soit se sont révélés des lions. Par contre, les salauds étaient déjà des salauds.

— Tu parles des camps nazis ?

— De quoi tu veux que j'te parle ?

— Je ne savais pas que tu y étais allé.

— J't'ai rien dit là-d'ssus ! Ce que je veux dire, c'est qu'il y a une familiarité de la saloperie. C'était du pipeau quand, à Nuremberg, ils disaient tous qu'ils n'avaient fait qu'obéir aux ordres. Il y a obéir et obéir. Il y a faire son boulot sans en rajouter parce que t'as les jetons de t'en prendre plein la tête si tu ne le fais pas, et ça, on peut éventuellement le comprendre, et t'as ceux qui le font en y prenant du plaisir. Y a tous les cas de figure. Mais un salaud en uniforme a été un salaud en costume.

— Tu veux me dire que les types qui massacrent,

violent, pillent, torturent dès qu'ils marchent derrière une musique militaire, on aurait déjà pu les reconnaître quand ils étaient boulangers ou instituteurs ? Et qu'on voisine sans le savoir avec des petits Himmler en puissance ?

— Ouais. Et aussi de braves types. J'te dis qu'il y a de tout. Mais à part les barjos on peut quand même se rendre compte de ce qu'on vaut. La différence c'est qu'il faut attendre l'occasion pour le révéler. Je lisais l'autre jour un bouquin écrit par un Français qui a travaillé avec le FBI sur les criminels en série, ben il disait que ces mecs, si les parents avaient fait gaffe, on aurait déjà pu les repérer, tout mômes.

— Les psychopathes, c'est particulier, dis-je.

— Parce qu'ils ignorent les inhibitions et ne savent pas reconnaître le bien du mal. Alors on se dit : c'est des dingues. Et les Rwandais qui se débitaient à la machette, et les mômes de Sierra Leone qui coupent les bras des gens pour rigoler ? C'est quoi ? Sinon des types qui eux non plus ne font pas la différence entre le bien et le mal, à part qu'ils attendent leur heure pour le faire dans une société déstructurée.

» Mieux que ça ! Je viens de lire un truc comme quoi des types qui auraient souffert de lésions au cerveau dans leur petite enfance avaient développé en grandissant des comportements gravement antisociaux. On s'interroge même aujourd'hui sur la nécessité d'examiner les neurones des délinquants multirécidivistes !

— Donne-moi un café, dis-je.

— Tu vas pas dormir.

— De toute façon, je ne vais pas dormir.

— T'es sur l'affaire des filles mutilées ? La nièce du maire ?

— Oui.

— Et tu nages ?

— Je me noie.

— Pas de piste ?

Mon premier réflexe est de ne pas répondre, mais c'est mon pote, Archie.

— Une piste tordue. On croyait avoir affaire à un seul type et il y en a deux.

— Merde ! Et vous savez qui ?

— Eh non. Deux frangins, peut-être. Ou alors il nous mène en bateau.

— Qui ?

— Le mec qui m'a téléphoné, dis-je en lui racontant l'histoire du coup de fil et les conclusions de l'analyste vocal.

— Et bien sûr ils vont continuer ?

— C'est ce qu'on craint.

— Tu vois, ces branques-là, si ça se trouve tu les connais, puisque eux semblent te connaître, et t'imagines pas qui c'est. Pourtant si t'étais attentif... c'est peut-être ton marchand de journaux.

— Je ne fréquente pas ce genre de monde en dehors des heures de bureau. Et mon marchand de journaux est fils de rabbin.

— Justement. Dans mon village il y avait une grand-mère qu'était un sacré personnage. Haute comme trois pommes, elle déboulait dans les assemblées des hommes qui discutaient à perdre haleine pour une virgule dans une phrase du Talmud, et te les secouait en leur criant d'aller plutôt aider leurs femmes qui trimaient comme des bêtes, pendant qu'eux se les roulaient à palabrer. Même le rabbin en avait peur, et pourtant ce type-là c'était pas n'importe qui.

» Cette grand-mère fréquentait une amie polonaise goy qu'elle avait à la bonne. Et que je te confectionne des fringues, et que je te fais des gâteaux, et que je t'invite aux fêtes juives parce qu'elle était seule, bref, comme on dirait maintenant, sa super-copine. On avait beau lui dire de se méfier parce que cette bonne femme avait une sale réputation de voleuse et de langue de pute, rien n'y faisait, elle l'aimait.

» Bref, les Boches déboulent et embarquent tout le monde, sauf la grand-mère qui ce jour-là était dans la partie goy du village, chez sa copine. Qu'est-ce que tu crois qui s'est passé ? Pour une poignée de zlotys elle leur a vendu la grand-mère qui est partie en fumée dans leurs grands fours. Tu vois, cette bonne femme, elle était une saleté dans la paix, elle a été une saleté dans la guerre.

— Qu'est-ce que tu faisais mardi dernier entre onze heures et minuit ?

— Pourquoi ?

— C'est l'heure où on a tué Millicent Woolworth.

— *Michougey*[1] ! dit-il en haussant les épaules. Tu veux autre chose ?

— Je peux dormir chez toi ?

— Chez moi ? Pourquoi, t'as pas payé ton loyer ?

— Parce que je crois que dans ton fauteuil défoncé je dormirai.

Il soupire, ferme les yeux et secoue la tête.

— Je remercie Dieu chaque jour de ne pas m'avoir donné un fils comme toi.

— Toi, tu remercies Dieu ?

— Ouais, parce que je peux encore en faire un, et j'ai tellement de *mazel*[2] qu'il serait capable de te ressembler, dit-il en me tendant ses clés. N'oublie pas, la serrure tourne à l'envers.

— Comme le monde, Archie, comme le monde, je réponds en les prenant.

---

1. *Michougey* : tout fou.
2. *Mazel* : chance.

SUZAN et ses enfants reviennent de leur week-end et Brian a demandé à Julia comme un service de l'aider à préparer un repas de fête.

— Je crois que c'est un prétexte, m'a dit Julia. En fait, il tenait à ce qu'on soit présents. Toi, surtout. Il a bien insisté pour savoir si tu venais. Il serait pas un peu pédé ?

— J'ai rien senti.

— Ou alors c'est toi.

— Adresse-toi à ma mère, elle ne m'a coupé mes belles boucles brunes qu'à l'âge de quatre ans.

Brian a mis les petits plats dans les grands et Suzan a eu l'air surpris quand elle a débarqué avec ses mouflets. Cynthia a six ans, je crois, et son frère Rolf, quatre. Ils prennent de la place et je me réfugie un peu à l'écart avec mon Jack Daniels. C'est Sandra Khan qui m'a donné le goût de ce bourbon.

Abrité derrière mon verre, et pendant que leurs parents tentent sans succès de canaliser l'excitation de leurs mômes, je me rends compte que Sandra ne m'a pas seulement appris à boire, mais aussi à vivre.

Nous nous sommes connus dans des circonstances

douloureuses et tragiques[1] qui auraient dû nous séparer à jamais, et pourtant cette rencontre m'a fait comprendre ce qu'un homme se devait à lui-même avant ce qu'il doit à la société, ou à sa hiérarchie. La morale imposée qui n'a pas souvent à voir avec la morale de l'honnête homme ; les règles et comportements obligatoires assénés depuis l'enfance ; la place à jamais figée du Bien et du Mal, du Juste et de l'Injuste. Tu ne tueras point, a dit la Bible avec raison. Mais moi, cette fois-là, grâce à cette femme, j'ai rejeté ce qu'on m'avait enseigné, pas parce que je l'aimais comme on imagine qu'un homme peut aimer une femme, mais parce qu'au fond de ma conscience j'avais compris que c'était une Juste et qu'elle agissait non par vengeance, ce que je peux comprendre aussi, mais parce qu'il faut avoir le courage d'arrêter le Mal avant qu'il ne soit trop tard. Et ce jour-là j'ai su ce que c'était d'être libre et entier.

— Je vais coucher les gosses, dit soudain Brian d'un air excédé.

— Ils sont contents de revoir leur papa, dit Julia diplomatiquement.

— Oui, mais moi j'aime les gosses bien élevés ! réplique-t-il en les traînant par la main vers leur chambre malgré leurs véhémentes protestations.

— Fais-leur se laver les dents ! crie leur mère.

— Non, au lit ! Ce qui est important c'est notre tranquillité, dit-il d'un ton sec.

Julia me jette un regard en coin parce que Suzan a presque les larmes aux yeux, et passe dans la cuisine.

— Alors, raconte, comment s'est passé Halloween à Chicago ? enchaîne-t-elle de loin.

---

1. *Un été pourri*, éditions Viviane Hamy.

— Il faisait trop froid, répond Suzan, je n'irai plus à cette saison.

— Ici aussi il a fait très froid, j'objecte.

— Oui, mais ici…

Elle ne termine pas sa phrase parce que Brian revient.

— Tu les as couchés ? s'inquiète-t-elle.

— Ouais.

Il est encore furieux et lampe d'une gorgée son verre de whisky.

— Bon Dieu, les mômes quelle plaie ! s'exclame-t-il.

— Alors qu'est-ce que tu nous as fait de bon ? demande Suzan avec entrain.

— C'est surtout Julia qui a travaillé, répond-il, tendu.

— Je vais voir si c'est prêt, dit-elle en s'éclipsant.

— Vous avez de la chance de ne pas avoir d'enfants, me dit Brian à brûle-pourpoint.

— J'aurais du mal, je ne suis pas marié.

— Alors vous avez de la chance de ne pas être marié, dit-il en se resservant un whisky bien tassé.

Je ne réponds pas parce que les femmes arrivent avec les salades et les plats. Julia s'est lancée dans la cuisine indienne sans trop se soucier de la force des épices, et dès les premières bouchées nous prenons feu. C'est quasi immangeable mais au moins ça détend l'atmosphère.

Larmoyants, nous tentons d'éteindre l'incendie avec de grands verres de vin, et à la fin du repas on est tous un peu saouls. Brian met un disque et invite Julia pendant que je fais de même avec Suzan.

Je la sens raide, tendue au point que la tenir me fatigue les bras.

— C'était très bon, même si Julia a un peu forcé sur les épices…

— Je suis sûre que c'est Brian qui les a rajoutées, me répond-elle d'un ton aigre.

— Brian ? Pourquoi aurait-il fait ça ?

Elle ne répond pas et je jette un œil sur l'autre couple. Ils dansent en discutant et en riant. De leur côté au moins, tout va bien.

— Il ne supporte plus personne, dit-elle soudain.

— Qui ?

— Mon mari, répond-elle comme si elle parlait d'un étranger.

— Il a des soucis ?

— Je n'en sais rien, il ne parle jamais de lui. C'est difficile de vivre avec un artiste.

Ah, c'est donc ça. Suzan fait le syndrome de la compagne du créateur. Celle qui sacrifie sa vie à la carrière de son mari. Archiconnu. À part que, vu ce que tourne Brian, on ne peut pas le confondre avec Visconti.

— Ça passera, dis-je avec beaucoup d'originalité.

La musique cesse et on s'installe sur les canapés. Enfin, eux trois. Parce que moi j'ai envie de partir. J'ai envie d'être seul avec Julia et l'atmosphère qui règne ici me fatigue et m'emmerde. Je déteste les couples qui se font la gueule en famille.

— OK, encore bravo ! dis-je en allant chercher mon manteau et celui de Julia.

— Vous partez déjà ? s'insurge Brian qui se lève comme pour nous retenir.

— Oui, mon cher, Julia et moi sommes un jeune couple et nous avons envie de nous retrouver un peu. On vous laisse la vaisselle, à bientôt.

— Je vous appelle un taxi, dit Suzan.

— Merci, Julia a sa voiture.

— C'est très glissant et elle a bien bu, rétorque-t-elle.

— On fera attention, promis, dit Julia en l'embrassant. Bonne nuit, on s'appelle.

C'est effectivement une patinoire dehors, et Julia, cramponnée à son volant, n'ouvre pas la bouche jusqu'à ce que nous soyons arrivés. Par chance, on trouve une place presque tout de suite.

On commence à s'embrasser et à enlever nos manteaux dans l'ascenseur. On ôte une grande partie du reste dans l'entrée. On finit dans la chambre, et pendant tout ce temps on n'a pas cessé de s'embrasser. C'est fantastique le tandoori.

Je viens de lire ce qu'a écrit Harvey. C'est atterrant. Et ces fautes d'orthographe ! Comment pouvons-nous être si différents ? C'est comme si j'avais un fils anormal. J'ai d'ailleurs vis-à-vis de lui ce mélange de culpabilité, honte et immense amour que connaissent les parents de ces enfants-là.

Sam et Julia sont venus dîner parce que j'ai dit à Julia que je voulais vraiment bien faire les choses pour le retour des miens, alors qu'en réalité je l'appréhendais. J'ai été très content de ces quelques jours passés avec Harvey. J'étais moi-même, pas besoin de tricher.

Suzan, quand sont partis nos amis, voulait que nous montions nous coucher immédiatement, et à voir ses mimiques je comprenais pourquoi.

— Je vais lire un peu, lui ai-je dit.

— Oh, viens me rejoindre, il y a tellement longtemps…

— Tellement longtemps que quoi ? ai-je demandé.

Elle n'a rien répondu, s'est contentée de me regarder, et j'ai bâillé ostensiblement.

— Monte, j'ai des choses à faire.

Elle a hésité, et j'ai cru un moment qu'elle allait se mettre en colère, mais elle a tourné brusquement les talons et a disparu dans la salle de bains.

Parfait. Parfait, parce que je viens de me rendre compte que si Harvey s'amuse à écrire dans mon journal ça veut dire que n'importe qui peut le trouver et qu'il faut que je le cache autre part et mieux. Sacré Harvey. Dès qu'il y a du monde qui vient dîner, il disparaît. Et pourtant je lui ai dit combien Sam était un type bien.

D'un autre côté, j'aime autant qu'ils ne se confrontent pas. Je n'ai vraiment pas confiance dans le bon sens de mon petit frère. Et Sam est un fin renard. Enfin, pas tant que ça, puisque Harvey est obligé de l'aider.

KERNEL, le morpho et un psy nous ont concocté un portrait anatomo-psychologique de nos tueurs que la presse nomme à présent les « coiffeurs » avec un humour bien digne de ces fouille-poubelles.

Sandra m'a appelé pour glaner des détails parce que la presse nationale commence à s'emparer de l'affaire.

— Sûr qu'ils sont deux ? me demande-t-elle après que nous nous sommes informés de nos bonnes formes respectives.

— D'après l'enregistrement analysé par le FBI.

— C'est rare deux dingues en équipe, remarque-t-elle.

— Il y a des précédents. Rappelez-vous Kenneth Bianchi et Angelo Buono qu'on a surnommés les « Étrangleurs des Collines », et bien d'autres…

— Oui, en effet. Sam, je passe après-demain à New York pour vingt-quatre heures, ça serait sympa de se voir.

Je réfléchis rapidement à mon emploi du temps et accepte. Il y a moins d'une heure de vol entre Logan et Kennedy Airport, et ce n'est pas suffisant pour m'empêcher de voir ma copine que je n'ai pas rencontrée depuis l'horrible histoire argentine[1].

— OK. Où et à quelle heure ?

— Qu'est-ce que vous diriez du Rockefeller Center à cinq heures ?

— C'est tout bon. Je suis ravi de vous revoir, Sandra. Comment va Nina ?

— Elle s'est bien remise, grâce à sa psy, je crois, et à sa détermination. Elle me dit que chaque jour elle s'efforce d'effacer un bout de cette période comme on le fait avec un chiffon sur un tableau noir.

— C'est une sacrée bonne femme, votre Nina, embrassez-la pour moi, et à jeudi.

— OK, Sam, grosses bises.

Je suis encore une fois plongé dans le dossier avec Rome, quand Faerberg déboule et se cogne dans le premier bureau qu'il rencontre. Il m'aperçoit et me fait un grand signe de la main.

— Par ici, dis-je.

Rome le regarde approcher avec méfiance. Pour Rome, tous ces petits génies sont des branleurs qui nous compliquent la vie.

— Bonjour, bonjour, s'exclame-t-il en s'emparant de ma main pour la secouer après celle de Rome. Comment ça va ?

— Bien, asseyez-vous. Qu'est-ce qui vous amène ?

— Je vous ai rapporté l'enregistrement. Je l'ai soumis à toutes les tortures possibles et en fin de compte je crois qu'il a parlé, dit-il d'un air rayonnant en posant

1. *Le Tango des assassins*, éditions du Masque.

la cassette sur mon bureau, faisant en même temps tomber un classeur.

Rome lève les yeux au ciel.

— Et qu'est-ce qu'il vous a dit ? marmonne-t-il.

— J'hésite encore, mais je me demande comment ils ont fait pour parler l'un après l'autre… sans qu'il y ait solution de continuité…

— Pardon ? dis-je.

— Vous pourriez éclairer ma lanterne avec votre « solution de continuité », coupe Rome, rogue.

— La supériorité de la machine sur l'homme, entre autres, c'est qu'elle n'a pas d'à priori. La machine depuis le début me disait quelque chose que je transformais à cause de ma façon humaine de penser, bafouille Faerberg.

— Vous pourriez être plus clair ? grogne Rome qui ne cache pas son exaspération.

Mais nous ne connaîtrons pas l'explication de Faerberg ce jour-là, parce qu'au même moment Franklin déboule à son tour dans la salle des inspecteurs, et hurle :

— Une nouvelle victime des « coiffeurs », grouillez !

On s'éjecte, Rome et moi, sans plus se soucier de Grande Oreille, parce qu'on veut être les tout premiers sur place à cause de la manie qu'ont les flics de patauger dans les indices quand on découvre un corps.

Franklin nous file le train pendant que son mobile se met à sonner. Il écoute tout en dégringolant les escaliers jusqu'au garage, et raccroche en nous criant que la fille n'est pas morte et a été emmenée au Massachusetts General Hospital.

Rome se met en voltige au volant et on s'engouffre à sa suite.

— Grouillez, crie Franklin, je sais pas dans quel état

elle est ! J'aimerais bien l'interroger avant qu'elle y passe !

J'adore quand les flics font preuve de compassion.

On traverse la ville à fond de train. Par chance, les balayeuses municipales ont travaillé depuis la forte gelée de la nuit dernière, et on circule mieux. Mais comme les Bostoniens ont dû se priver depuis trois jours de leurs voitures ils n'ont pas résisté à se la prendre un petit coup et les carrefours sont bouchés.

— Roulez sur les trottoirs ! hurle Franklin.

Rome me jette un œil dans le rétro et je hausse les épaules d'un air fataliste. Il ne se le fait pas dire deux fois et sème la panique, mais, indiscutablement, il progresse.

On brûle encore deux feux rouges qui mettent les autres voitures en émoi et on stoppe devant l'entrée principale de l'hôpital.

Franklin s'éjecte comme Apollo IV et fonce aux urgences. On le suit.

— La blessée que l'on vient d'amener, braille-t-il à la préposée, où est-elle ?

— Laquelle ? répond-elle posément.

— Celle amenée par les flics ! Je suis flic, poursuit-il devant le sourcil qu'elle soulève, et il exhibe sa carte.

— Troisième, salle d'op, fond de couloir à droite. Prenez cet ascenseur, ça ira plus vite.

On fonce et on s'engouffre en laissant sur place un vieillard interloqué devant notre culot.

— J'espère qu'elle est assez bien pour nous faire un portrait-robot, dit nerveusement Franklin.

Elle n'est pas bien. Les toubibs cavalent en la véhiculant vers la salle d'op. Elle est sous oxygène et une serviette rougie entoure son crâne. Elle a les yeux fermés et la couleur de son visage laisse supposer le pire.

On leur file le train mais on nous stoppe devant les doubles portes en plastique.

— Où comptez-vous aller ? demande un toubib à Franklin.

— Est-ce qu'il est possible de l'interroger ? répond-il en exhibant sa carte.

— Maintenant ? Vous voyez pas son état ! Vous voulez que je soulève la serviette pour que vous fouilliez l'intérieur du crâne ? Allez, foutez le camp !

L'équipe disparaît derrière les portes battantes et nous sommes refoulés par les infirmières.

Franklin fait la gueule. Quand il fait la gueule, sa bouche charnue s'affaisse à chaque bout et son nez s'allonge pendant que son teint vire au gris mercure. Enfin, c'est mon impression.

— Nom de Dieu ! s'exclame-t-il

— Elle a été scalpée, dit Rome. Donc, c'était pas une vraie blonde.

— Ça nous avance, grogne Franklin ; il n'y a pas assez de blondes à Boston, pour que ce malade s'attaque aussi aux autres ?

— Vous avez quelque chose contre les blondes ? je m'inquiète.

Il hausse les épaules et aboie :

— Faites venir un flic qui gardera la chambre vingt-quatre heures sur vingt-quatre !

Rome passe l'ordre sur son portable pendant que je me ronge l'ongle. Cette blessée est notre seule véritable chance depuis le début de cette affaire pourrie. Non qu'elle soit capable dans son état, et peut-être pour un moment, de décrire ses agresseurs, mais c'est la première erreur des assassins : avoir laissé derrière eux un témoin vivant.

Les crimes des psychopathes échappent aux investigations classiques dans la mesure où leurs mobiles nous échappent. Quatre-vingts pour cent des meurtres sont perpétrés par l'entourage immédiat de la victime, et le vieil adage « À qui profite le crime » est l'auxiliaire le plus précieux des enquêteurs.

Mais pourquoi, si ce sont les mêmes tueurs depuis le début, en scalpent-ils certaines et violent-ils les autres ? Et pourquoi celles qu'ils violent ne sont-elles pas scalpées ? Est-ce que l'un est un sadique impuissant et l'autre un violeur ?

Je continue un moment de gamberger sur le sujet en attendant que les flics rappliquent, et je décide jusque-là de garder le sérail avec Rome.

— Je reste ici, dis-je à Franklin, et les mecs qui vont venir il faut que ce soient des épées. Cette fille est notre seule chance pour l'instant.

— Je le sais bien ! s'emporte Franklin.

— Il en faut deux, dis-je.

— Je vais essayer.

— Pas essayer, réussir. Pendant que l'un pisse, l'autre surveille.

— Je suis content que vous m'appreniez les ficelles de mon métier, grince-t-il.

— C'est pas de ficelles dont vous avez le plus besoin.

Je suis tellement énervé que j'ai du mal à ne pas lui envoyer mon poing dans la figure. J'espère qu'il ne va pas faire une connerie dans le genre de celle de Mary Lasner.

— Vous croyez qu'il viendra l'achever ? ricane-t-il.

— C'est ce que j'espère. Sinon, on ne pourra jamais le coincer.

— Vous voulez lui faire le coup de la chèvre ? suffoque Rome.

— C'est le plus vieux piège du monde. Il faudra faire savoir qu'elle n'est pas morte. Il viendra. Il ne peut pas laisser un témoin derrière lui.

— Lequel des deux ? dit Rome.

— Celui qui s'en est pris à cette fille. Ou même l'autre, pourquoi pas, s'ils travaillent en équipe. Faudra que les flics aient l'air d'infirmiers ou de toubibs ou de ce que vous voulez, mais pas de flics.

— Parce que vous imaginez, dans votre crâne d'intello de mes deux, que le chef de la police laissera prendre ce risque à la fille, si elle s'en sort ? Il y a longtemps, Goodman, que c'est terminé le sacrifice d'Isaac, crache Franklin.

— L'esclavage aussi, ça vous empêche pas d'y penser sans arrêt. — Je me colle contre lui. — Si par antisémitisme et connerie, excusez cette redondance, et rien que pour m'emmerder vous faisiez foirer cette histoire, je vous promets que vous n'aurez pas besoin d'un « coiffeur » pour vous arranger, je m'en chargerai.

Comme je lui ai parlé doucement et dans le nez, Rome n'a pas entendu. Franklin se recule.

— J'adorerais ça, siffle-t-il, j'adorerais crever votre poche de suffisance.

Voilà, les dés sont jetés. Les ennemis sont autant dedans que dehors. Je me demande comment on peut arriver à ce poste en méprisant tant de monde ? Ou peut-être est-ce le seul moyen d'y parvenir.

— Si vous ne mettez qu'un seul flic, on restera, moi ou Rome, et faudra expliquer à votre hiérarchie pourquoi deux enquêteurs sont bloqués comme chiens de garde au lieu de poursuivre l'enquête à la place de deux « bleus » qu'ont rien d'autre à foutre ! Vous commencez vraiment à me plaire, capitaine Franklin !

On se toise tels deux clébards, le poil hérissé et les babines relevées, et comme habituellement les clébards, au bout d'un moment ça retombe.

— Quand cette histoire sera finie, lieutenant,

crache-t-il les lèvres aussi serrées qu'un fil de cicatrice, vous pourrez vous chercher un poste ailleurs.

— Je me paierai ça pour mon anniveraire, je ne sais jamais quoi m'offrir.

Il hésite, et quitte la salle d'attente. Avant de sortir il se retourne.

— Je veux être immédiatement prévenu quand elle se réveillera !

Il ne s'est plus souvenu qu'il était dans un hôpital, et une infirmière qui passe lui ordonne énergiquement de la mettre en veilleuse.

Rome est assis, les jambes écartées, et je vois bien à son air qu'il n'est pas à l'aise.

— Qu'est-ce qui se passe, Rome ?

— Rien, marmonne-t-il.

— Tous les Blacks sont pas obligés de ressembler à Harry Belafonte ou Martin Luther King, dis-je. Il faut accepter les cons chez soi. Vous savez ce qu'a dit Ben Gourion quand il a été Premier ministre d'Israël et que le monde s'extasiait sur le pays : « Nous serons un peuple normal quand dans nos prisons il y aura des voleurs. » On n'a pas à être nécessairement meilleurs quand on est une minorité. Quand on est moins, il y a moins de cons, mais aussi moins de gens bien, question de proportion.

L'arrivée de deux « bleus » interrompt mon cours magistral de philosophie appliquée.

— Salut, les gars, dis-je. Il va sortir tout à l'heure de la salle d'op une jeune fille qui s'est fait agresser par les « coiffeurs ». Elle ira sûrement en salle de réa ou de réveil, et ensuite on la mettra dans une chambre. Je veux que vous ne soyez jamais à plus de cinq mètres d'elle. Si l'un de vous va prendre un café ou pisser, l'autre ne l'accompagne pas, pigé ? Ce qu'on espère c'est que celui qui a commencé le travail viendra le finir. Alors surveillez, mais de loin. Vu ?

— Bien, lieutenant... maugrée l'un d'eux qui a l'air borné et le crâne rasé des alter ego blancs des fachos noirs de Farrakhan.

— Dès qu'elle reprend ses esprits, prévenez-nous, c'est très important. Et allez vous changer. Vous devez ressembler à des toubibs pas à des poulets.

À la crispation de sa bouche, je vois que je l'agace. L'autre paraît se contenter d'être son ombre. J'ai le coup, aujourd'hui, pour me faire des amis.

Je sors avec Rome et lui réclame son portable.

— J'croyais qu'vous en aviez un.

— Il est déchargé, allez, donnez.

J'appelle Sandra et lui dis que je ne pourrai pas venir à New York le lendemain, et je lui explique pourquoi.

— OK, si ça ne vous dérange pas c'est moi qui m'arrêterai chez vous. Je peux être là vers onze heures demain matin, ça vous irait ?

— Qu'est-ce qui vous intéresse dans cette histoire ? lui demandé-je.

— Vous savez bien que j'adore les monstres. Et puis il y a longtemps qu'on ne s'est pas vus.

— Bon, téléphonez-moi quand vous débarquez, je vous dirai où on se retrouve.

— C'est tout bon, je vous embrasse.

— Qui c'est ? demande Rome. Une amie à vous ?

— On peut dire comme ça. Elle habite Frisco et son grand jeu c'est de débusquer les dingos.

— FBI ?

— Non, *San Francisco Chronicle*. Bon, on ne peut rien faire d'autre aujourd'hui. Rentrez chez vous, les jours qui viennent seront rudes.

— Et le charlot qui est au bureau ?

— Faerberg ? Ouais... pour l'instant il ne nous est

pas utile, on le verra demain. Je crève de froid et j'ai faim, pas vous ?

— Si.

— Bon, alors à demain.

Je suis à peine rentré que Julia m'appelle.

— Je… Suzan est chez moi, tu pourrais venir ?

— Pourquoi ?

— J'ai besoin de tes lumières.

— Tu sais, je viens juste de rentrer, j'ai froid et faim.

— Je peux arranger les deux.

— OK. Laisse-moi le temps de prendre une douche et me changer.

Trois quarts d'heure plus tard, un taxi avec son chauffeur hawaïen qui porte une chemise bariolée de fleurs et d'oiseaux enfilée sur une canadienne me dépose chez Julia.

Je les trouve toutes les deux dans le salon. Suzan a visiblement pleuré et sirote un breuvage fumant.

— T'en veux ? C'est du bouillon chinois, me propose Julia en m'embrassant.

— J'aimerais autant un bourbon sans glace, dis-je en m'asseyant à côté de Suzan qui m' adresse un vague signe de tête. Des ennuis ?

Pour toute réponse, Julia lui soulève la manche de son pull sous laquelle s'étale un énorme bleu cerné de rouge.

— Elle a la même chose dans le dos, dit Julia. Il a frappé partout sauf au visage.

— Qui, il ?

— Mon mari, répond Suzan d'une voix atone.

— Brian ?

— Elle n'en a qu'un, répond Julia, acerbe.

— Mais…

Je ne sais pas quoi dire. Bien sûr, ce sont des amis,

n'empêche que la seule chose à faire c'est de conseiller à Suzan de porter plainte.

— Vous avez vu un médecin ?

— Pour quoi faire ? me demande-t-elle de la même voix détimbrée.

— Pour porter plainte. Il faut un certificat médical.

— Elle ne veut pas porter plainte, dit Julia.

Et je vois bien que ça la rend furieuse.

— Vous avez tort, Suzan. C'est la première fois ?

Elle ne répond pas, et Julia me lance un regard exaspéré.

— Il est devenu fou, murmure Suzan. Il a dit qu'il nous détestait, moi et les enfants. Qu'il n'y avait que son frère qui le comprenait.

Et elle se met à sangloter.

— Il a un frère ?

— Je n'en savais rien, il ne m'en a jamais parlé !

Quand une femme s'est fait dérouiller et qu'elle ne veut pas porter plainte, elle peut être certaine de se préparer des lendemains douloureux.

Les hommes qui frappent leur femme sont des lâches que retient seulement la peur du châtiment. Ou la peur tout court. J'ai vu des poids plume que leur mari avait giflées une seule fois et qui n'ont jamais recommencé parce que la nana leur avait envoyé dans la foulée un saladier ou un fer à repasser à la tête.

— Alors que comptez-vous faire ?

— Elle veut rester ici, dit Julia.

— Et les enfants ?

— Justement, c'est pour ça que je voulais que tu viennes, j'aimerais que tu ailles les chercher. Ils sont à leur cours de musique.

— Pourquoi tu n'y vas pas ?

— Parce qu'il pourrait passer les prendre et qu'avec toi il n'osera pas insister.

— Bon, où elle est cette école ?

Suzan me donne l'adresse d'un air morne et me tend ses clés de voiture.

— Je n'ai pas renouvelé mon permis, dis-je.

Elle me regarde avec un air effaré. Au moins, ça la fait bouger.

— Un flic qui sait pas conduire ?

— Je n'ai pas dit que je ne savais pas conduire, j'ai dit que je n'aimais pas ça. Bon, où est la bagnole ?

— Devant, le cabriolet Ford gris.

Je vais prendre la voiture et me pointe à l'école où j'attends vingt-cinq bonnes minutes en laissant le chauffage parce que j'ai la nette impression qu'il y a encore quelques degrés qui se sont fait la malle, et qu'il recommence à tomber cette espèce de grésil glacial et dégueulasse dont se régale Boston, et qui vous transperce en entier, les os y compris.

J'en profite pour regarder si Brian ne s'est pas pointé, mais je ne vois personne. Je me demande ce qui lui a pris de frapper Suzan de cette façon, il est bizarre ce mec.

C'est vrai que depuis qu'on se fréquente un peu plus, je ne suis toujours pas arrivé à le situer. Et ce n'est pas maintenant que je vais me casser la tête à chercher parce que s'il y a une chose qui me débecte, ce sont les types qui cognent leur femme en sachant qu'ils ne risquent rien.

Il y a quelque temps, on a été appelés Mary et moi par les voisins d'un couple qui se tabassait.

On est arrivés et le mec nous a envoyé promener dès qu'il a compris qui on était. Derrière lui, par la porte entrouverte, on a aperçu sa femme assise par terre, la figure en sang. Le type en avait jusque sur son maillot de corps. Une espèce de brute, bodybuildé.

— Qu'est-ce que vous voulez ? a-t-il gueulé.

— C'est vous qui avez fait ça ? a demandé Mary en désignant la femme.

— Et alors, en quoi ça vous regarde ! merde ! on peut plus faire c'qu'on veut chez soi sans être emmerdé par des gonzesses déguisées en flics !

Mary n'a fait ni une ni deux, elle lui a allongé un pain. Mais c'était un coriace, le bodybuildé, et il a fallu que je lui prête main-forte et, malgré ça, ça n'a pas été du gâteau. Sa femme s'était relevée et braillait en voulant protéger son champion. Bref, à l'issue de l'affaire, comme on dit, on nous a collé un blâme et une amende pour *praetium doloris* de cinquante dollars chacun.

— Ça ne fait rien, ça les valait, a dit Mary, philosophe.

Tout ça pour vous expliquer qu'il faut y aller sur la pointe des pieds quand on veut se mêler des problèmes des autres, et c'est précisément quand mes pieds vont être transformés en banquise que je vois sortir les deux petits monstres de leur école.

Je vais vers eux, et comme ils ne me reconnaissent pas tout de suite et que le garçon se fait traîner, j'ai immédiatement le ban et l'arrière-ban des surveillants sur le dos. Par chance, la gamine, plus physionomiste, donne le feu vert, et je les embarque dans la bagnole de leur mère.

— Où est maman ? glapissent-ils de concert.

— Chez Julia.

— Pourquoi chez Julia ?

Le retour me paraît interminable, et je respire de bonheur quand je les remets à leur génitrice qui entretemps paraît s'être refait une santé.

Je serai toujours étonné de la capacité des femmes à rebondir dans les situations les plus scabreuses. Foutez une torgnole à un homme et il vous en parlera jusqu'à sa retraite.

Je reste encore un moment et je fais signe à Julia que je vais rentrer chez moi.

— Tu ne peux rien faire? me demande-t-elle avec un air de conspiratrice en me raccompagnant.

— À propos de quoi?

— De ce salaud de Brian.

— Rien, si elle ne porte pas plainte. Elle t'a dit quelque chose, comment c'est arrivé?

— Ils se sont disputés, je crois, parce que Brian rentre de plus en plus tard et sans donner de raison, même que la dernière fois elle a retrouvé une de ses chemises qu'il avait lavée lui-même, ce qui n'est pas courant, avec des taches qui au premier abord paraissaient du sang. Elle s'en est étonnée et il l'a envoyée proprement balader.

— Et son frère, elle le connaît?

— Je n'en sais rien. Elle ne m'en a jamais parlé. Il vient sûrement de débarquer.

— Ils sont d'où, les Marshall?

— J'sais pas. Oh, il me semble... non, j'en sais rien.

— Bon, en tout cas, te mêle pas trop de leurs affaires. S'il vient la chercher et qu'elle est d'accord, ne t'y oppose pas.

— C'est ma copine!

— D'accord, mais ta copine elle ne veut pas porter plainte, alors ça recommencera sûrement.

— Tu crois?

— J'en suis sûr. Tu sais, dis-je en soupirant et en l'embrassant en même temps, ce qui n'est pas un mince exploit, tu ne connais pas ta chance d'être aimée d'un type comme moi.

— Moi, si un mec lève le petit doigt sur moi, je lui coupe les couilles!

— Pourquoi les couilles?

— Comme ça!

— D'accord, ce ne sera jamais le petit doigt, dis-je en l'embrassant une dernière fois avant de m'en aller.

Dans le taxi que je trouve au bout d'un bon quart d'heure à battre la semelle, je réfléchis à ce soudain frère qui vient de tomber du ciel et qui met en péril un couple, qui, pour ne pas être très uni, allait cahincaha.

Faut vraiment se méfier de tout le monde.

Le lendemain matin, Rome et moi rejoignons Kernel et son équipe au FBI.

Je suis passé à l'hôpital où la dernière victime est soignée, en espérant qu'elle ait repris connaissance. Mais les toubibs m'ont envoyé bouler en disant qu'elle était encore en état de choc et sous sédatif. Je suis toujours très admiratif de l'envergure du parapluie dont se servent ces techniciens du corps pour ne pas se mouiller.

J'en ai profité pour vérifier que la sécurité était maintenue et j'ai constaté que les deux branques de la veille avaient été remplacés par deux branques tout frais déguisés en médecins à qui j'ai réitéré les consignes.

J'ai aussi laissé un message sur la boîte vocale de Sandra, lui indiquant de me rejoindre au building des Fédés.

Je préviens Kernel qui fait immédiatement la gueule parce que toujours et partout les journalistes sentent le poisson, et je suis obligé de me porter inconsidérément garant de sa discrétion en insistant lourdement sur l'expérience qu'elle a des cinglés.

— C'est vous que ça regarde, grince-t-il, mais s'il y a la moindre fuite...

— Je vous promets que j'irai à genoux et sur les coudes jusqu'à la Guadalupe.

À ce moment on frappe à la porte et Sandra apparaît.

— Bonjour, messieurs, dit-elle avec un sourire destiné à supprimer toute prévention à son égard.

Les têtes se tournent vers elle, l'examinent avec la discrétion bien connue des hommes quand une jolie femme apparaît dans leur champ de vision, et se dérident. Premier test réussi.

— Bonjour, Sandra, entrez, soyez la bienvenue, l'invité-je en allant vers elle. Messieurs, Sandra Khan, chargée des enquêtes criminelles au *San Francisco Chronicle.*

Tous se lèvent pour l'accueillir, et même Kernel se fend d'un sourire. Deuxième test réussi. Toutefois, il tempère :

— Chère madame, j'imagine que le lieutenant Goodman vous a bien prévenue que tout ce que vous entendrez ici devra rester secret. Vous êtes là à titre de…

— D'observatrice ? suggère Sandra.

— D'observatrice, parfait, se rengorge Kernel qui ne semble pas insensible à son charme.

Avec Kernel, il y a son adjoint Bronson qui ressemble à un taureau ; Faerberg qui, en nous serrant la main, s'est inondé de café ; un psy, un morpho-analyste et un spécialiste du comportement. En tout, six gus arc-boutés sur leurs certitudes.

Kernel semble décidé à ne pas perdre de temps et, à peine les présentations faites, on s'installe sur des chaises face à un tableau où sont inscrites les caractéristiques des tueurs suivant les indications des divers spécialistes présents.

Sandra s'installe entre Rome, qui l'observe, dubitatif (je n'ai pas pensé à le prévenir), et moi.

Nouvelle tournée de café, ce qui donne l'occasion à Faerberg d'incliner sa tasse sur les chaussures de Kernel, qui, agacé, tape du pied.

Alors qu'on s'absorbe dans la lecture du tableau, le dessinateur explique que les deux vagues portraits-robots qui y figurent ont été tirés à partir des indications de Faerberg sur les voix.

— Un peu flous, ces portraits, objecté-je.

Vexé, il réplique aigrement que les données vocales fournies le sont aussi. Faerberg sourit béatement comme devant un compliment.

— On m'a dit qu'il y en avait un plus vieux que l'autre, reprend-il. Un type cultivé et un plouc.

— Bon, commence Kernel en se plaçant, armé d'une baguette devant le tableau. Le problème particulier auquel nous sommes confrontés est que nous paraissons avoir affaire à deux assassins très différents quant au niveau social, à l'éducation et au lieu de naissance. Qu'est-ce qui les a rapprochés ? l'un sert-il de modèle ou de maître à l'autre ? s'agit-il d'une relation homosexuelle sadomasochiste ? l'un des deux est-il impuissant ? Autant de questions qui pour le moment restent sans réponse même si, en nous servant de l'analyse vocale de James Faerberg et de celle du Dr Spitzer, notre psychiatre, nous avons essayé de déterminer le profil psychosocial et analytique des tueurs.

» Le premier interlocuteur du lieutenant Goodman a employé les mots : exécuté, folie et faussaire.

» Au lieu de parler de meurtre il a parlé d'exécution, c'est-à-dire d'un rapport possible avec un châtiment que ces filles auraient mérité.

» Et pourquoi ces pauvres filles auraient-elles mérité un tel châtiment ? Parce qu'elles sont, selon lui, des faussaires. Faussaires, que signifie ce mot dans le cas présent ? Contrefaçon, comme pour des billets de banque ? Des billets qui ressemblent aux vrais mais sont des faux et n'ont aucune valeur. Donc, tromperie. Monnaie de singe. On ne peut rien en faire, sinon les détruire.

» Autre mot employé : folie. Évidemment, dénégation que les meurtres aient été perpétrés à cause d'un quelconque dérèglement mental puisque l'assassin croit être dans son droit. Il admet cependant que la punition est sévère et accuse son frère. Mais l'autre tueur est-il son frère génétique ou celui qu'il considère comme son frère d'appartenance ? Les Noirs emploient le mot frère entre eux sans qu'il y ait le moindre lien de sang. S'agit-il dans ce cas, non d'un lien de couleur, mais seulement d'un lien de complicité ?

» Naomi Crowley, la première victime, violée et tuée, avait à l'époque été découverte à l'endroit où le meurtre avait eu lieu, sans que son assassin cherche à le dissimuler. Elle avait eu le nez coupé, mais assez « proprement ».

» Maryling Basheing, la deuxième victime, était scalpée, pas violée mais mutilée, et son assassin a dissimulé le corps sous des feuilles et de la terre dans le cimetière de Vineyard sans qu'on puisse être certain qu'il l'a tuée là.

» Millicent Woolworth, violée et massacrée, a été retrouvée à un endroit différent de celui de l'agression ; elle avait conservé ses cheveux et avait été laissée en évidence.

» La façon dont deux des victimes ont été mutilées indique un individu impulsif et sans connaissance anatomique, au contraire de celui de Naomi Crowley qui semblait savoir ce qu'il faisait.

» Nous avons par conséquent deux femmes violées qui ont conservé leurs cheveux, une troisième qui n'a pas été violée mais qu'on a scalpée, et une quatrième qui a été scalpée et dont on ignore encore si elle a été violée, qui s'en est sortie par miracle, et nous fournira probablement des éléments intéressants sinon déterminants.

» On pourrait supposer que Naomi Crowley et Millicent Woolworth n'ont pas été tuées par le même, puisque l'une a été peu abîmée et laissée sur place, et la seconde sévèrement mutilée et déplacée. Cependant, toutes deux ont été violées.

» Là où ça devient incompréhensible c'est dans le cas de Marylin Basheing. Scalpée, mutilée, déplacée mais pas violée. Qui est son tueur ? un troisième ? Que Dieu nous préserve !

» Pourquoi a-t-elle échappé au viol ? pourquoi lui avoir arraché la peau du crâne ? pourquoi lui avoir mutilé le visage de cette façon ? pourquoi avoir déplacé le corps, pourquoi l'avoir dissimulé ?

» La quatrième victime, dont nous ignorons encore l'identité, nous la laisserons de côté pour l'instant puisque nous ne savons pas si elle a été violée ni si son agresseur l'aurait mutilée s'il en avait eu le temps.

» Nous sommes devant un cas de figure criminel tout à fait nouveau. Comme vous le savez les tueurs en série ont une signature, et c'est souvent grâce à elle que nous parvenons à les arrêter. Mais dans cette affaire nous ne possédons aucun élément de ce genre et je ne vous cache pas que, jusqu'à ce que survienne la dernière agression, je n'avais pas beaucoup le moral. Mais le miracle s'est produit et nous avons à présent un témoin vivant. Tout ce que je souhaite c'est qu'elle se remette assez vite de son choc pour qu'elle puisse nous en dire plus sur ces cinglés.

— Nous savons tout de même, dis-je, qu'il s'attaque aux femmes blondes, et qu'il recherche un type de femme précis puisqu'il semble vouloir modeler au travers des mutilations un certain visage.

— Certaines sont scalpées, d'autres pas, objecte Kernel, pourquoi ?

— Il scalpe les fausses blondes et leur colle des perruques, jette Rome de sa place.

Toutes les têtes basculent vers lui.

— Qu'est-ce que vous voulez dire ? demande Weinberg, le comportementaliste, qui est gras comme une sardine à l'huile, en moins appétissant.

— Naomi Crowley, nous le savons, était blonde, comme Millicent Woolworth. Elles ont été violées mais ont conservé leur chevelure. Marylin Basheing n'a pas été violée, mais scalpée, coiffée d'une perruque, et nous savons que ce n'était pas une vraie blonde. C'est comme si le tueur n'éprouvait de pulsion de viol, c'est-à-dire d'anéantissement de sa victime, que si celle-ci était réellement blonde.

— On pourrait en conclure, interviens-je, que sa haine est spécialement dirigée contre les blondes. Lorsqu'il s'aperçoit qu'il s'est trompé, sa rage est si grande qu'il leur arrache les cheveux et veut les transformer en vraies blondes.

À ce moment Faerberg laisse fuser un rire et, gêné, plaque sa main contre sa bouche.

— Qu'est-ce qui vous fait rire, monsieur Faerberg ? interroge froidement Kernel.

— Rien, rien, balbutie l'autre... Enfin, je me disais que cette explication... est un peu tirée par les cheveux.

Il ne peut s'empêcher de s'esclaffer à sa propre balourdise qui tombe avec la légèreté d'un rocher dans une mare. Personne ne bronche. Il tire un mouchoir de sa poche et fait mine de se moucher.

— Qu'est-ce qui fait basculer un homme dans le

crime ? reprend le profiler avec un soupir significatif en direction de Faerberg. Le plus souvent, un sentiment profondément enfoui qui ressurgit à l'occasion d'une situation de stress. Jusqu'à ce qu'il la rencontre c'est un individu apparemment normal, que personne, pas même son entourage, ne peut soupçonner.

» Le premier meurtre, celui de Naomi Crowley, remonte maintenant à plus d'un an et demi, mais nous en avons eu deux autres, plus une tentative avortée, en moins de deux mois. L'hypothèse que nous pourrions suivre est que le premier meurtrier a rencontré le second et qu'à eux deux ils se déchaînent. Ou bien que le premier assassin se contente à présent d'« actionner » l'autre, puisque les mutilations sont différentes de celles retrouvées sur Naomi Crowley.

— Lequel des deux viole, d'après vous ? se renseigne poliment le Dr Spitzer, le psychiatre, qui ressemble exactement à ce qu'il est avec son front dégarni et son regard vague derrière de petites lunettes rondes.

Je peux entendre le phosphore cavaler dans les neurones. Mais c'est Sandra qui prend la tête.

— Je pense que les deux assassins violent lorsqu'il s'agit d'une blonde authentique mais le plus éduqué le fait avec une protection, voir le cas Naomi Crowley où les enquêteurs, d'après le rapport que je viens de lire, n'ont pas retrouvé de trace de sperme, tandis que l'autre, beaucoup plus fruste, ne prend pas de précautions.

— J'ajouterai qu'à mon avis, et selon les pertinentes observations de mon collègue, le détective Jimmy Rome, la dernière victime qui a été scalpée ne devrait pas avoir été violée puisqu'elle n'est pas une vraie blonde, dis-je.

— Et qu'en concluez-vous ? demande Kernel avec une lueur d'espoir dans les yeux.

— C'est là où je me noie comme vous, messieurs, reconnaît ma rousse préférée avec un grand sourire.

— Hélas, soupiré-je. Nous savons peut-être pourquoi, mais nous ne savons pas qui.

— Voici comment je vois les choses, reprend Kernel. Le premier tueur, effrayé par le plaisir ressenti après son premier crime, choisit pour assouvir ses fantasmes un pauvre type qu'il prend sous sa coupe et à qui il demande de tuer à sa place. Mais l'autre, plutôt abruti, fait n'importe quoi, s'attaque à des filles qui ne ressemblent pas à ce que le « cerveau » demande, les défigure, leur colle des perruques mais ne peut pas les violer.

— Lequel a tué Millicent Woolworth, dans ce cas ? demandé-je d'une voix suave. Elle a été violée, elle est blonde, et a cependant été la plus mutilée.

— Putain de bordel de merde ! explose soudain le profiler. Ces fumiers de cinglés ont juré de me faire crever !

Ahuris, on regarde le petit homme bien propre sur lui se transformer en charretier.

À ce moment mon portable sonne.

— Allô ?

— Franklin, répond Franklin de sa voix chaleureuse. Je viens d'avoir l'hôpital. La fille s'est réveillée mais est encore dans le cirage. J'y fonce et vous aussi.

Il raccroche et je dis à l'assemblée :

— Je vais à l'hôpital où mon maître veut que je le rejoigne. La dernière victime a repris connaissance. Je vous tiens au courant.

— Je vous accompagne ? me demandent ensemble Rome et Sandra.

— Oui, pour vous, réponds-je à Rome, et non, pour vous, dis-je à Sandra parce que j'ai déjà assez de problèmes avec ma hiérarchie. Je vous retrouve à mon bureau.

Personne ne pipe. À mon avis, les relations de Franklin avec son équipe sont connues des autres services.

— Vous nous tenez immédiatement au courant, me dit Kernel.

— Bien sûr.

On salue la compagnie et on s'éclipse.

— Laissez-moi vous accompagner, dit Sandra qui cavale à mes côtés dans les couloirs.

— Non, dis-je en m'arrêtant. Croyez-moi, je sais ce que je fais. Allez à mon bureau, je vous y rejoins. Quand repartez-vous ?

— Quand vous me le direz.

— OK. Réservez votre déjeuner.

On s'engouffre dans la voiture de Rome en laissant Sandra sur le trottoir.

— Sacrée fille ! me dit Rome en la regardant dans le rétro. Sait ce qu'elle veut.

— C'est le moins qu'on puisse dire. C'est ma meilleure amie mais on ne couche pas ensemble, dis-je pour couper court.

— Dommage pour vous, répond Rome qui fonce dans la circulation, dérape, redresse, dérape encore, faisant gicler de la neige sale sous ses pneus.

— La fille ne va pas s'envoler, roulez prudemment, aboyé-je, cramponné à ma portière.

Il opine et relâche très peu le pied.

On arrive néanmoins entiers à l'hôpital et on cavale vers la chambre où nous attend Franklin en compagnie d'un toubib qui paraît le surveiller.

La malheureuse est effectivement réveillée mais rien n'indique qu'elle a repris ses esprits.

— Vous vous appelez Eva Haguerthy, articule soigneusement Franklin penché vers elle. Un agent vient de retrouver votre sac à proximité de l'endroit où vous avez été agressée. Vous vous souvenez ?

La fille ne bronche pas.

— Pouvez-vous nous dire ce qui s'est passé ? reprend-il avec la mimique décortiquée que l'on prend pour s'adresser à un sourd.

Une larme qui coule sur la joue de la jeune femme est sa seule réponse. Sa tête est emmaillotée dans un énorme pansement en gaze et je refuse d'imaginer l'état de son crâne. J'ignore si la chirurgie esthétique peut lui rendre une chevelure.

— C'est très important, insiste Franklin, grâce à vous on peut arrêter ce monstre.

Elle agite la tête et gémit. Ses yeux ne quittent pas le plafond.

— Mademoiselle, avez-vous vu votre agresseur ?

Je remarque que ses doigts se crispent sur les draps à en blanchir, et un râle effrayant sort de sa gorge. Le médecin s'interpose.

— Laissez-la se reposer, dit-il d'un ton nerveux et sec.

Mais il ne connaît pas Franklin.

— Écoutez, docteur, vous avez fait votre boulot, et bien. En ce moment, en ville, il y a un cinglé qui tue des jeunes filles et les mutile, et mon job est de l'arrêter, et cette jeune fille est la seule qui l'ait vu et a eu la chance de s'échapper, j'ai pas de temps à perdre !

Faut reconnaître à Franklin qu'il a le chic pour se faire comprendre.

— Cette jeune femme a subi un très fort traumatisme et je suis responsable d'elle ! bataille le médecin qui, je crois, a compris qu'il ne faisait pas le poids.

— Et c'est tout à votre honneur, rétorque Franklin. Je vous promets de ne rien faire qui puisse compromettre son rétablissement. Je vous demande cinq minutes.

— Pas une de plus ! fulmine le toubib.

Fin de partie. Franklin se penche de nouveau sur la fille qui semble avoir déménagé entre-temps sur une autre planète.

— Pouvez-vous me donner un signalement de votre agresseur et de la manière dont il vous a abordée ? demande Franklin, d'un ton si doux qu'il me fait sursauter.

À ce moment, un interne entre avec une feuille et me la tend. Je la lis et fais signe à Franklin de me suivre à l'extérieur, sans m'inquiéter de son regard furibond.

— Il n'y a pas eu de tentative de viol, dis-je, c'est bien ce qu'on pensait. Il a voulu l'étrangler et, croyant l'avoir tuée, a commencé à lui décoller la peau du crâne avec un instrument à lame fine et longue. Elle est peut-être revenue à elle à ce moment-là, et il l'a lâchée.

— Mon Dieu, murmure Rome.

— Elle a été retrouvée dans une ruelle près du port, pas très loin de l'endroit où Millicent Woolworth a été tuée, nous apprend Franklin. Ce sont des passants qui, affolés, ont appelé la police et une ambulance. Il faut retourner l'interroger.

— S'il n'y a pas eu de tentative de viol, dit Rome, ça confirme ce qu'on disait, qu'il ne viole que les vraies blondes.

— Et que celle-ci a été attaquée par l'abruti.

— Quel abruti ? aboie Franklin.

— Nous en sommes venus à penser, expliqué-je pour le calmer, que les meurtres qui ont suivi celui de Naomi Crowley ont été perpétrés par un tueur moins organisé, plus fruste.

— À cause de quoi ?

Je tente de lui expliquer brièvement la théorie du duo maître-exécutant qui nous est apparue.

— Et vous pensez qu'on trouve un assassin de ce genre, un type qui vous obéit, qui tue à votre place, comme on trouve un hamburger chez McDonald ? grince Franklin.

— Ce genre de tueur attire les cinglés, et les cinglés c'est pas ce qui manque, je réponds sans conviction.

À vrai dire la théorie que j'ai aidé à échafauder me semble manquer de réalité. En effet, comment ce type a-t-il pu dégotter en si peu de temps un homme prêt à tuer et à écharper à sa place ? Et si c'était réellement une fratrie ? Ou s'il n'y avait qu'un seul tueur, malgré ce qu'en disait ce barjot de Faerberg ?

— Bon, on y retourne ? je propose sans conviction.

La jeune femme n'a pas bougé d'un poil et a toujours les doigts crochetés au drap.

Je m'assois à côté d'elle et lui caresse la main. Elle sursaute, avale un sanglot, mais tourne les yeux vers moi.

— Vous êtes en sûreté à l'hôpital, dis-je. Deux policiers veillent sur vous en permanence.

Tout en lui parlant j'évite de regarder le sillon noirâtre qui cerne sa gorge. Ce qu'a dû subir cette pauvre fille, à moitié étranglée et scalpée vivante, est inimaginable.

— Essayez de vous rappeler les circonstances de l'agression.

— Elle ne peut pas parler, dit brusquement le toubib, elle souffre de lésions au pharynx.

— Elle peut écrire ? demande Franklin.

Mais c'est inutile, le regard d'Eva s'est refermé sur l'incommensurable. Il va nous falloir attendre.

On ressort dans le couloir. Aucun de nous ne parle. On vient d'approcher un pan de la folie humaine, de la souffrance humaine. Qui de nous ne s'est interrogé devant le spectacle de notre violence ? quel esprit « normal » n'a pas trébuché devant l'immensité de la haine que se vouent les êtres humains ? quel homme faut-il être, quel degré de démence et de mépris est-il nécessaire pour découper un être vivant ?

— Elle a été abordée dans le même coin que Woolworth. Peut-être qu'elle aussi faisait la retape, dit Franklin.

— On a récupéré la chevelure arrachée ?

— Ouais, dégoulinante de sang. Si ça vous dit... c'est au greffe avec son sac et ses vêtements.

— Jimmy, vous restez ici. Installez-vous dans la chambre. Demandez la permission au toubib. Si vous voyez qu'elle peut parler, allez-y, sinon, fichez-lui la paix. Je rentre au bureau, et ensuite j'irai fouiner dans le quartier du port.

— Et moi, qu'est-ce que je fais ? demande Franklin avec un faux air humble.

— Vous, capitaine, mais ce que vous faites si bien.

— Quoi donc ? demande-t-il, immédiatement agressif.

— Coordonner.

Sandra m'attend au bureau et on descend déjeuner chez le Grec où j'ai mon rond de serviette.

Le Grec n'est pas grec, mais libanais, ce qui ne change rien à sa cuisine qui est savoureusement grasse et collerait une immédiate syncope à ma mère si elle voyait la manière dont je me nourris.

On commence par du tarama et on poursuit avec un fallafel qui a le mérite d'être sans viande, et que nous arrosons tous deux d'harissa à nous en faire à notre tour des lésions au pharynx.

Je raconte ma visite à Eva Haguerthy et le rapport de l'hôpital.

— Dommage qu'aucun instrument ne permette de fouiller le cerveau de ces hommes, dit Sandra, songeuse. Derrière chaque repli doit se cacher un monstre. Je les imagine comme une caverne sombre hantée de fantômes.

— Ils doivent cacher aussi beaucoup de souffrance, dis-je.

— Autant qu'ils en infligent? Peut-être. Ou peut-être notre espèce expulse-t-elle sporadiquement de ses entrailles des êtres qui n'ont d'humain que l'apparence.

— J'ai été amené à rencontrer des meurtriers abominables, dis-je, et ce qui m'a frappé c'est que, dans d'autres circonstances, certains auraient pu être des collègues ou des voisins.

— J'ai interviewé dans sa cellule un homme qui avait en une seule nuit, et dans la même famille, massacré trois fillettes, trois sœurs que les parents invités à une soirée avaient laissées chez eux en prenant toutes les précautions. Il est entré on n'a jamais su comment. Est monté dans les chambres et a commencé le carnage. Quand les parents sont rentrés vers minuit, les traînées de sang dégoulinaient dans l'escalier jusqu'à la porte.

» L'enquête a duré trois jours. L'assassin était un voisin que la famille connaissait bien. Il était lui-même père de deux petits garçons, et à part une tendance colérique, d'après sa femme, n'avait jamais rien manifesté.

» Il m'a dit avoir vu les parents partir ce soir-là et avoir imaginé les fillettes seules chez elles. Il ne les a pas violées. Il m'a avoué qu'il s'était vu comme un chasseur, un prédateur qui allait chercher ses proies.

Vous savez ce qu'il faisait dans la vie ? Il était représentant en livres anciens.

— Oui, dis-je en sirotant un vin résiné assez dégueu, peut-être que notre part d'animalité reste toujours en éveil. Nous pensons nous en être débarrassés parce que les religions veulent nous le faire croire, mais je pense qu'elles se trompent au sujet de beaucoup d'entre nous.

— Oui, sûrement. Du moins davantage pour les hommes que pour les femmes, dit-elle malicieusement.

— Ça, je ne peux pas le nier. À quoi songez-vous ? lui demandé-je, la voyant pensive.

— Pour en revenir à notre histoire, votre gars, celui du son, il est formel sur deux agresseurs différents ?

— Il semble, et Spitzer aussi. Moi, j'hésite encore. C'est vrai qu'au milieu de la conversation, la voix et l'accent ont diamétralement changé. Mais je n'ai pas senti que quelqu'un d'autre prenait l'appareil. Je ne sais pas comment vous expliquer. J'avais l'impression que c'était le même.

— Et pourtant, d'après ce que j'ai entendu ce matin, ce n'est guère plausible. De toute façon, qu'ils soient deux ou pas, vous n'avez aucune piste ?

— Aucune. Je crains que ça ne se passe comme d'habitude, qu'on soit obligés d'attendre qu'ils prennent suffisamment d'assurance pour faire une erreur. Mais ça peut mettre du temps. Kernel, le profiler que vous avez vu ce matin, a déjà activé le VICAP, le fichier « spécial tueurs » qu'ils ont élaboré au FBI et qui regroupe toutes les informations sur les tueurs en série de notre pays. Aucune fiche correspondant à ce genre de crimes répertoriés dans un autre État n'est sortie. Ce qui revient à dire que notre ou nos cinglés sont bien d'ici et y résident. Aucun non plus n'a été libéré récemment, aucun ne s'est échappé, ceux que l'on connaît sont bien au chaud, et pour les autres le modus operandi est trop éloigné des meurtres d'ici.

— Donc ce sont des petits nouveaux ?

— Tout juste.

— Et qui vous connaissent ?

— Disons qu'ils m'ont demandé.

— Mais le capitaine Franklin est apparu aussi dans les comptes rendus des journaux ?

— Oui.

— Et ils n'ont pas cherché à le joindre ?

— Non. Peut-être qu'ils sont davantage sensibles à mon genre de beauté.

— Peut-être.

Elle avale enfin sa boulette de sésame et repose sa fourchette.

— Comment vont vos amours, Sam ?

— Aussi bien que possible.

— C'est vrai ?

— Tout à fait.

— Racontez.

— Non, je suis trop superstitieux. Je peux juste vous dire qu'elle s'appelle Julia.

— Joli nom.

— Que c'est une femme libre comme vous les aimez.

— Libre comment ?

— Libre. Qu'elle goûte la vie et me rend joyeux.

— Je suis ravie. C'est vrai qu'il y a longtemps que je ne vous ai vu autant en forme, compte tenu des emmerdements que vous rencontrez en ce moment.

— Précisément. Julia me fait prendre de la distance face aux choses. Elle me fait comprendre que je ne vais pas changer le monde et qu'il est plus urgent de m'occuper de la rendre heureuse.

— C'est décidément une femme intelligente. Rendre

heureuse la personne que l'on aime est la meilleure façon de l'être soi-même. Et il n'y a rien de plus urgent sur cette terre que de s'aimer. Qu'en dit votre mère ?

— Elle ne la connaît pas.

— Bonne indication que vous prenez cette histoire au sérieux. Parlez-moi d'elle, que fait-elle dans la vie ?

— Elle s'occupe de castings pour la télé et le théâtre, elle m'a fait entrer dans un monde nouveau, des gens pour qui la vie n'est pas nécessairement un malheur.

— Bravo.

— Quoique ses amis ne semblent pas mieux se porter, malgré leur métier d'artiste, que l'épicier du coin.

— Ce serait injuste. Vous sortez beaucoup ?

— Pas mal. On dîne chez les uns et les autres, j'assiste à des premières où souvent je m'embête, mais elle est là ; je serre la main de gens que l'on voit en couverture des news, non, ça roule.

— Vous me semblez amoureux.

— Je le suis. Elle me plaît, bien que je sente parfois le fossé qui nous sépare.

— Fossé ?

— Je suis un vieux garçon un peu puritain et j'ai oublié de suivre l'évolution de notre monde. Vous savez ce qu'elle m'a proposé ?

— Non.

— De faire l'amour à trois.

— Et alors ?

— Ça ne vous choque pas ?

— Pourquoi ? Trois adultes consentants qui se réunissent pour se donner du plaisir, qu'y a-t-il de choquant ? Beaucoup moins choquant que de voir les gens dormir dans la rue ou des enfants de huit ans travailler. Cette femme me paraît parfaite pour vous, Sam.

— Je vous la ferai rencontrer. Dommage que vous repartiez si vite.

— Nina est encore très fragile, je ne peux pas m'absenter longtemps. Mais nous nous reverrons. Elle est juive ?

— Non, elle est d'origine espagnole. Cubaine, pour être précis.

— Elle doit être belle.

— Je trouve.

— Vous allez vivre ensemble ?

— Je ne suis pas certain qu'elle en ait envie. Pour le moment, nous apprenons à nous connaître.

— À chaque fois que je reviens dans cette ville j'ai l'impression de rentrer chez moi, dit Sandra d'un air mélancolique. Mais un chez-moi qui aurait perdu son charme ancien et n'aurait conservé que l'odeur de la poussière. Vous savez, je ne suis jamais retournée sur la tombe de Joan [1]. Cette partie de ma vie a été enterrée avec elle. Parfois je me demande si elle a jamais existé. Pourtant, nous y avons été heureuses. C'est comme si je me souvenais d'un film où j'aurais joué un rôle, et qu'à présent je tourne dans un autre.

— Vous voulez dire que vous n'êtes qu'actrice de votre vie ?

— Quelquefois même seulement spectatrice. Je me regarde vivre, je nous regarde jouer, j'espère un happy end en sachant que c'est impossible.

— Un peu jeune pour être si désabusée, remarqué-je.

— Ça ne m'empêche pas d'aimer le film, répond-elle, souriante, mais parfois acteurs et réalisateurs laissent à désirer. Enfin, je ne serai pas venue pour rien à Boston, dit Sandra en consultant son bracelet-montre. Oh, je vais rater mon avion, il faut que je file. Je vous laisse l'addition ?

---

1. *Un été pourri*, éditions Viviane Hamy.

— Ça fait partie de mes droits. Nous viendrons, Julia et moi, à San Francisco dès que je me serai un peu dépatouillé de cette affaire qui me bouffe la tête.

— On vous y attendra avec impatience. Au fait, en ce qui concerne votre enquête, ce serait grave si vous me faxiez les rapports de police ? Je vous promets de ne pas en parler dans mon journal.

— Quel intérêt, alors ?

— Si je vous aide à résoudre cette affaire vous viendrez plus vite, Julia et vous.

— Hum... je me demande si je peux vous croire.

— Évidemment, une fois cette histoire terminée vous m'en réservez l'exclusivité pour la côte Ouest.

— Bien sûr, dis-je en l'aidant à enfiler son manteau. Vous prenez un taxi ?

— Oui.

— Vous irez plus vite en métro.

— Bon, alors je prends le métro. Comment va Archie ?

— Je vous répondrai que s'il n'existait pas, je l'inventerais. On dit de certains hommes que lorsqu'ils meurent c'est comme une bibliothèque qui brûle, eh bien Archie fait partie de ceux-là.

— Embrassez-le très fort pour moi.

— Je préférerais que vous le fassiez vous-même.

Je l'accompagne à une bouche de métro et descends avec elle pour la mettre dans la bonne rame.

— Prenez Green Line jusqu'à Park Street et ensuite Blue Line jusqu'au bout.

— Merci, mais vous oubliez que Boston est aussi ma ville. Je vous aime, Sam, faites bien attention à vous, dit-elle en me plaquant un baiser sur la joue.

Je la regarde s'engouffrer dans la rame et agiter la main. C'est curieux, j'ai toujours la même peur de ne plus la revoir.

J'appelle Jimmy pour savoir s'il y a du nouveau. Il me répond qu'Eva Haguerthy semble reprendre vie mais qu'elle est tellement assommée par les calmants qu'elle ne cesse pratiquement pas de dormir.

J'imagine facilement ce que les toubibs doivent lui coller. D'après le rapport médical, c'est cinq centimètres sur presque quatre de la peau de son crâne qui ont été écorchés.

Je lui dis d'être prêt à l'interroger dès qu'il sentira que c'est possible et lui indique qu'il me trouvera au bureau.

Arrivé au commissariat je téléphone aux Crowley et tombe par chance sur le père.

— Où en êtes-vous, lieutenant ? me demande-t-il aussitôt d'une voix anxieuse. J'ai vu qu'il y avait eu d'autres meurtres. Est-ce le même assassin ?

— C'est possible, en fait nous suivons plusieurs pistes. Pourriez-vous me dire si votre fille était attirée par une carrière artistique, style comédienne de théâtre ou de cinéma ?

Je l'entends réfléchir, puis :

— Pourquoi me demandez-vous ça ?

— C'est une de nos pistes.

— Naomi, comme beaucoup de jeunes filles, était attirée par tout ce qui touchait les acteurs, les films, elle allait beaucoup au cinéma, enfin, quand elle vivait chez nous.

— Connaissiez-vous, vous ou votre femme, des gens du métier ?

— Ma femme, quand nous nous sommes connus, avait elle aussi l'espoir de devenir actrice... mais les choses ne se sont pas passées comme elle l'espérait.

— C'était il y a combien de temps ?

— Oh, nous sommes mariés depuis vingt ans.

— Oui… et depuis elle n'a pas fréquenté ce milieu, et votre fille non plus ?

— Pas à ma connaissance.

— Bien. Il ne vous est rien revenu des fréquentations de votre fille ?

— Je vous aurais appelé, lieutenant.

— Oui, eh bien, je vous remercie et si j'ai du nouveau je vous préviens aussitôt.

— Je vous en serais très reconnaissant, lieutenant. Quoi que vous puissiez penser, j'aimais beaucoup ma fille… mais… enfin… heu… elle ne s'entendait pas bien avec sa mère, c'est sûrement une des raisons pour lesquelles elle est partie.

— Probablement, au revoir, monsieur Crowley.

Je raccroche, et aperçois Brian qui, du seuil de la salle des inspecteurs, agite la main vers moi. Je lui fais signe d'approcher.

— Salut, Sam, je ne te dérange pas ?

Je tique sur le tutoiement.

— Non… qu'est-ce qui vous… qu'est-ce qui t'amène ?

— Oh, rien, je passais par là et j'ai eu envie de te dire bonjour.

Il est souriant et décontracté et j'admire son culot. Il est allé chercher Suzan le lendemain de la bagarre et l'a suppliée en pleurnichant de lui pardonner.

Julia m'a raconté qu'il s'était comporté comme un petit garçon fautif, qu'il était arrivé avec des jouets pour les enfants, un énorme bouquet de fleurs pour Julia et un foulard en soie pour sa femme.

Julia les a laissés, quand elle est remontée Suzan lui a dit qu'ils allaient faire une nouvelle tentative, surtout pour les enfants.

— Oui. Vous… tu ne travailles pas ?

— J'ai emmené Suzan et les enfants aux chutes de

Buffalo, dit-il, les gosses en avaient envie depuis longtemps.

— Niagara ? Ah bon, et ça leur a plu ?

— Beaucoup, tu penses, c'est fantastique ! Tu connais ?

— Non.

— Incroyable ! Les gens viennent du monde entier et nous qui sommes à côté on ne se dérange même pas !

— C'est souvent comme ça, dis-je en me demandant ce qu'il veut et s'il va bientôt me lâcher.

Mais il s'installe confortablement à côté de moi, et balaie la salle du regard.

— C'est formidable ! dit-il.

— Quoi donc ?

— Ça ! répond-il en désignant l'espace du bras. C'est comme dans les films ! Je n'étais jamais rentré dans un poste de police ! Tous ces hommes qui s'affairent ! Quel métier passionnant ! Tu sais, ajoute-t-il, le regard brillant, j'aurais rêvé d'être flic !

— Ah oui ? Et pourquoi tu ne l'as pas fait ?

— Mon père. Il trouvait que c'était mal payé et dangereux. Toi, tu aurais pu faire autre chose.

— Oui. Écoute, je ne veux pas te chasser, mais j'ai un boulot fou.

— Toujours les agressions contre ces pauvres filles ? me demande-t-il d'un ton grave en se penchant vers moi.

— Heu... Oui.

— Tu sais, j'ai réfléchi à cette histoire. Cet homme, quel est son mobile ? Si vous connaissiez le mobile, il serait plus facile de le trouver, hein ?

Je hoche la tête sans répondre. Les détectives amateurs sont toujours très chiants. Ils s'imaginent en Hercule Poirot, à résoudre les énigmes avec une loupe et un poil de sourcil.

— Il en est à combien de victimes ?

— Quatre, mais ce n'est pas certain que ce soit le même qui tue.

— Tu plaisantes ? C'est la même façon d'opérer !

Je fronce les sourcils.

— Pas tout à fait.

— J'ai lu dans le journal que la dernière victime n'était pas morte ?

Donc, c'est bien passé dans la presse. Franklin s'est tout de même rendu à mes raisons. J'ai tellement été occupé depuis ce matin que je n'ai même pas eu le temps d'acheter un canard.

— Elle a eu de la chance.

— Et comment est-elle ? On sait comment elle a pu s'échapper ?

— Tu cherches un sujet de film ?

— Oh, si je faisais un succès comme *Le Silence des agneaux* !

— Tu as le choix. Des cinglés comme Hannibal Lecter, il y en a des wagons !

— Mais toi qui suis l'enquête, tu pourrais me tuyauter !

— Désolé, mais là ce n'est pas du cinéma. Il y a une pourriture de mec qui torture de pauvres gamines paumées et ce qu'il leur fait est bien réel.

— On sait pourquoi il le fait ?

Je me mords les lèvres. Qu'est-ce qu'il me veut, cet abruti ? Déjà avant je n'avais pas pour lui une sympathie forcenée sans m'en expliquer les raisons, et depuis qu'il a tabassé sa femme ça ne s'est pas arrangé.

— Écoute, Brian, je te remercie d'être passé, mais vraiment je n'ai pas le temps de tenir salon. Comment ça va avec Suzan ? je lui demande perfidement.

— Bien, très bien. Tu es au courant, évidemment. Je ne sais pas ce qui m'a pris, mais je peux te jurer que ça ne se reproduira pas. Je crois que nous les hommes, parfois, on a un petit grain, non ? Tu me diras que les femmes nous font souvent tourner en bourrique.

Je ne réponds pas à son sourire de connivence, style : nous les mecs, on se comprend.

— Ouais. Tu as eu de la chance qu'elle ne porte pas plainte.

— Pas le genre !

Je me penche vers lui.

— En tout cas, dis-je doucement, si ça devait recommencer, là je la convaincrais de porter plainte contre toi, parce que s'il y a quelque chose qui me fait gerber c'est bien les types qui profitent de l'indulgence des femmes pour les frapper.

Ses yeux papillotent. Je l'ai cueilli à froid. Ça fait du bien. Maintenant faut qu'il dégage, je l'ai assez vu.

— Je suis désolé, balbutie-t-il. Vraiment…

— De quoi ?

— Je… je vois bien que tu m'en veux et ça me fait de la peine.

Encore une seconde et il va me tomber dans les bras en pleurant. Je me lève et le fais lever.

— Allez, sois sympa, laisse-moi travailler et n'oublie pas ce que je t'ai dit.

— Tu sais, dit-il en se dégageant, c'est plus facile de condamner que d'essayer de comprendre. Les gens ont souvent des raisons pour agir comme ils le font.

— De quoi tu me parles ? dis-je en le poussant vers la sortie. Des bleus que tu as faits à ta femme ? Pourquoi ? Elle t'a fait manger une soupe froide ? C'est ça tes raisons ? Allez, à un de ces quatre.

— Sam. — Il se bloque, raide, face à moi. — Sam,

il y a des circonstances qui peuvent rendre fou un homme.

— OK, OK. Ne deviennent fous que ceux qui avaient déjà des dispositions. Allez, à tchao !

Enfin il dégage et je gagne mon bureau, moulu comme si je m'étais colleté avec un docker.

Et Jimmy m'appelle de l'hôpital.

— Elle est réveillée. Vous pouvez venir.

QU'EST-CE que c'est, ces manières de juger ? Il se prend pour qui, lui qui n'est même pas capable de voir ce qu'il a devant les yeux ? qu'est-ce qu'il peut comprendre des problèmes de mon frère ? de mes propres problèmes ? qu'est-ce qu'il sait de ce qu'on a fait à Harvey ? C'est toujours pareil. Blanc et noir. Gris, connaît pas. Ces filles, des loques qui voulaient se faire passer pour ce qu'elles n'étaient pas. Comme Vivien. Ce que j'ai pu l'aimer. Jusqu'à la fin, je peux dire. Et pourtant, elle aussi était une faussaire. Tout dans ce monde n'est qu'illusion et mensonge. Tout repose sur la tromperie, et si vous cherchez la vérité on vous accuse d'être fou et l'on vous pourchasse. Pauvre Harvey.

Ouais, frérot, t'avais raison pour Vivien. Une belle salope, oui, c'était ! fallai la voir rigoler avec l'autre Sally, j'étai petit mais j'comprenai tout et j'peux t'dire que j'l'avai à la caille quand j'voyais c'que tu dégustai pour cette traînée ! elle a eu que c'qu'elle méritait, t'a pas a t'en faire. Et les aut' qui voulait lui ressembler, des chiennes ! T'an fait pas frerot, on est come les deus doits d'la main, il es pas prèt de nous poisser, l'aut' débile. à plus ; harvey.

EVA Haguerthy, comme les rares femmes qui ont survécu à l'agression d'un tueur tortionnaire, ne sera plus jamais la même. On peut se remettre d'une souffrance physique, si atroce soit-elle, on ne se remet pas de la peur et de l'humiliation. La peur, m'a confié une femme violée, c'est la menace suspendue en permanence. La peur, c'est chaque homme croisé dans une rue déserte ou sombre, c'est le bruit d'un pas, le regard sale d'un livreur. C'est celui qui vous observe comme un maquignon et détourne brusquement la tête d'un air sournois.

C'est tout ça que reflète le regard vague, d'un bleu surprenant, d'Eva.

Son pansement a été changé pour un plus petit. Le sillon noirâtre de son cou vire au jaune, et les marques rouges qu'ont imprimées les doigts du tueur commencent à s'estomper.

Jimmy est debout près du lit quand j'arrive.

— Voilà le lieutenant, mademoiselle, dit-il.

Elle me regarde sans rien exprimer et je m'approche d'elle.

— Je viens de voir le médecin, il est très content.

Vous cicatrisez d'une façon formidable. Vous allez bientôt pouvoir sortir.

Son regard chavire et je réalise que je viens de dire une ânerie. Où ira-t-elle en sortant? Dans le gourbi où probablement elle vivait et où le tueur risque de la retrouver?

— Quand je dis que vous allez pouvoir bientôt sortir, c'est pour vous reposer dans une maison de convalescence.

Elle ne me croit pas ou sa peur est trop intense pour si vite s'apaiser.

Je tire une chaise et m'assois près d'elle.

— Est-ce que vous vous sentez la force de me raconter ce qui est arrivé?

Ses paupières battent convulsivement et son souffle s'accélère. J'attends que s'apaise sa crise d'angoisse. Enfin elle respire profondément et des larmes coulent sur ses joues.

Quand elle commence à parler, sa voix est si rauque et cassée que je l'entends à peine et suis obligé de me rapprocher très près.

— J'étais dans la rue, je me promenais ... quand...

Elle s'interrompt, et dans son regard qui chavire passe sûrement la scène où tout a basculé pour elle.

— Oui? Je vous en prie, c'est très important. Vous ne serez pas tranquille tant que cet homme sera en liberté, et les autres femmes risquent ce que vous avez subi. Je vous en conjure, racontez-moi.

— Je marchais... dans la rue... il faisait sombre... c'était le soir... il y avait des gens... il y avait des gens qui chantaient... des matelots... des gens saouls, j'ai fait un détour pour les éviter... il... la rue était éclairée par un lampadaire... on ne voyait pas grand-chose... j'ai... (sanglots) j'ai entendu qu'on m'appelait... un homme me faisait signe de la ruelle... il était dans l'ombre mais je le voyais quand même... il souriait... il avait... il était blond, je me suis dit qu'il était pas mal... il me faisait signe de le rejoindre. Je lui ai dit qu'il n'avait qu'à se déplacer lui, il s'est mis à rire et m'a dit qu'il... qu'il était timide.

On se regarde, Jimmy et moi. Sûr que l'on pense la même chose. On tient enfin un début de bout de fil. Un homme blond, timide, souriant.

— Oui, et que s'est-il passé ensuite ?

À cet instant la porte de la chambre s'ouvre devant l'adjoint de l'attorney.

Eva le regarde et ses yeux s'affolent. Et je m'aperçois qu'il est blond et souriant.

— Monsieur le substitut, dis-je en le prenant par le bras et en l'entraînant sans autre forme de procès à l'extérieur. Monsieur le substitut, pardonnez-moi, mais cette jeune femme est très fragile. Elle est sur le point de nous raconter la manière dont s'est déroulée l'agression, mais un rien la trouble, et vous êtes arrivé au pire moment.

Il se dégage sèchement. Il n'est pas méchant mais il débute et doit s'affirmer.

— Vous m'interdisez l'accès de la chambre de la victime, lieutenant ? postillonne-t-il.

— Monsieur le substitut... vous ne pouvez pas imaginer ça... Simplement, lorsque vous êtes arrivé, mademoiselle Haguerthy me décrivait son agresseur, un blond souriant, et, monsieur, vous êtes blond et souriant. J'ai cru qu'elle allait tourner de l'œil.

Il se mord ses fines lèvres roses qui sont comme un trait de crayon sur un visage pâle et poupon.

— J'attendrai donc que vous ayez fini de l'interroger, ensuite j'entrerai.

— Mais bien sûr, monsieur le substitut, et merci.

Je lui fais un grand sourire et reviens dans la

chambre où Jimmy est en train de faire boire la jeune femme. La porte s'ouvre et la tête d'un toubib apparaît, mais je ne lui laisse pas le temps de prononcer le moindre mot et la lui ferme au nez.

— Jimmy, ordonné-je, restez devant la porte, personne n'entre.

— D'accord, dit-il en prenant sa chaise et en allant s'installer.

— On reprend. Le type qui vous a effrayée, dis-je en m'asseyant près d'elle, c'est l'attorney qui est chargé d'instruire votre affaire. Il est très gentil. Est-ce que par hasard il ressemblerait à votre agresseur ? C'est-à-dire, comprenez-moi, est-ce ce genre d'homme blond et timide ?

Elle soupire, secoue la tête et ferme les yeux. Ses paupières battent comme si elle revoyait la scène.

— Quand je dis timide, commence-t-elle de sa voix cassée, proche du chuintement, ce n'est pas très exact. Disons qu'il me semblait bien élevé... pas le genre qu'on trouve là-bas... Il s'est avancé et je l'ai mieux vu... et il m'a demandé...

Elle s'arrête. Refoule un sanglot.

— Oui... ?

— Il m'a demandé... si...

On retient notre souffle, Jimmy et moi.

— Que vous a-t-il demandé, mademoiselle ? Vous savez, nous sommes des policiers, et nous avons hélas l'habitude de ce que des salauds peuvent demander à des jeunes femmes. Je vous en prie.

— Il m'a demandé... si... si mes cheveux... c'était leur couleur naturelle.

J'évite de regarder Rome.

— Oui, et alors ?

— Je lui ai demandé c'que ça pouvait lui faire, que

pour le moment j'étais blonde et qu'après je pouvais être rousse ou verte et qu'ça m'regardait !

— Alors qu'a-t-il fait ?

Mais elle plaque ses bras sur son visage et se met à sangloter à petits coups, des sanglots sans larmes mais qui arrachent le cœur.

— Qu'a-t-il fait, Eva ?

Elle a du mal à reprendre son calme et je la comprends.

— Qu'a-t-il fait, Eva ?

Elle ôte les bras de son visage et ses yeux se perdent vers le plafond. Pas une fois ils n'ont croisé les miens.

— Je ne sais pas ce qui s'est passé, souffle-t-elle. On était là à discuter et j'voyais bien qu'il reculait et j'aimais pas trop ça... il s'est retourné comme s'il parlait à quelqu'un, j'entendais les gens qui marchaient sur l'avenue... j'avais pas peur... mais à un moment la ruelle a fait un coude et on s'est retrouvés dans les poubelles... et là... et là...

— Oui...

— C'était plus lui... enfin, parce que cette rue c'est un cul-de-sac et qu'on peut la voir jusqu'au fond et qu'il était devant moi et qu'y a pas d'autre moyen d'arriver là... et tout à coup c'est comme si y avait un autre homme... plus jeune... mais qui parlait pas du tout de la même manière... qui m'a tout à coup insultée en me traitant de pétasse et de traînée et encore d'autre chose... et je l'ai envoyé balader... et j'ai demandé où était l'autre type poli, mais il m'a frappée, avec je crois un bâton, ou je ne sais pas, une matraque, et j'ai perdu connaissance et j'ai senti qu'il m'étranglait et j'ai crié, crié comme une folle parce qu'en même temps je sentais qu'il tripotait ma tête et j'ai eu... oh... oh Mon Dieu... ! Mon Dieu ... ! si mal... Mon Dieu ! si mal !

C'est fini. Je n'en tirerai rien de plus et de toute

façon je n'en ai pas envie. Jimmy s'est levé et rapproché. Il est gris.

Je me lève et veux caresser sa main crispée comme une araignée sur le drap, mais j'arrête mon geste parce que je me demande si elle supportera un jour qu'un homme l'approche.

— Merci, Eva, vous avez été très courageuse. Vraiment merci. Quand vous irez mieux j'aimerais que vous regardiez des photos. Je reviendrai cet après-midi, si vous l'autorisez, avec un dessinateur pour qu'on reconstitue avec votre concours le visage de ces hommes. Vous voulez bien ?

Elle acquiesce de derrière ses bras qu'elle s'est recollés sur le visage.

— À tout à l'heure. Je vais appeler un médecin pour qu'il vous donne un calmant.

— Les policiers sont toujours là ? murmure-t-elle de derrière la barrière de ses bras.

— Ils ne bougeront pas, vous ne risquez rien. Ils sont là jour et nuit. Ils se relayent. À très bientôt, reprenez des forces.

On sort et on tombe sur les deux flics affalés sur leur chaise qui ont l'air de s'enquiquiner, et ça, c'est la voie royale pour la négligence. Ils n'ont pas changé de godillots et j'espère que le tueur n'est pas trop observateur.

— OK, les gars, dis-je, elle est réveillée et le type qui l'a arrangée comme ça doit se faire du souci. Soyez sur vos gardes, laissez-le approcher mais ne vous laissez pas distraire.

— Par quoi on se laisserait distraire ? me demande celui qui est assis à côté de la porte de la chambre et qui est rouge et boudiné.

— Par les infirmières, les malades, les mouches… je ne sais pas.

— Moi non plus, répond-il d'un ton rogue.

— On espère qu'il viendra, expliqué-je encore une fois. Alors ne restez pas plantés là. Occupez-vous comme le feraient des infirmiers.

Le gros se lève avec un soupir et va vers une table où sont posés des instruments qu'il manipule avec le savoir-faire d'un montreur d'ours.

Je lance un coup d'œil désespéré à Jimmy, et pense que je suis mûr pour écrire un livre que j'intitulerai : « Comment se faire des amis ».

— OK, on revient tout à l'heure. Mais vous avez bien compris ?

— C'est ça... dit le gros boudiné en lançant un regard éloquent vers son collègue qui s'est saisi d'une boîte de pansements dont il ne sait visiblement que faire.

À se demander où la police de Boston recrute ses hommes.

— Vous... voulez qu'on vous rapporte quelque chose ?

— Pas la peine, on va venir nous relever pour qu'on aille bouffer, répond mon gros copain.

— Parfait.

On s'éloigne vers les ascenseurs et Jimmy me demande :

— Pourquoi vous voulez absolument que les gros cons vous trouvent sympa, lieutenant ?

— À quoi faites-vous allusion ?

Il soupire, secoue la tête, et comme l'ascenseur arrive y entre sans répondre.

Les journaux ne disent pas dans quel hôpital la fille a été emmenée. Ils indiquent seulement que c'est un établissement de la ville. Il y a le Spaulding, le New England, le General, le Boston City, les Deaconess, les autres étant pour les gosses, mais bon Dieu il y a aussi le Beth Israel et le Boston Memorial ! Comment la trouver ? J'en ai parlé à mon frère et ça lui a fichu une drôle de trouille. Moi aussi j'ai peur. Demander à Sam est exclu. Merde, merde, merde ! oh, et ces fichues migraines ! Je dors mal mais je suis sûr que Harvey, lui, dort comme une souche ! Combien de temps va-t-il falloir que je lui serve de nourrice ? J'ai bien envie de tout laisser tomber et qu'il se débrouille ! Moi non plus je n'ai pas rigolé quand j'étais petit, c'est pas une excuse ! Si seulement j'avais épousé Vivien. Elle, c'était une femme ! une vraie ! Elle… c'est drôle, plus le temps passe et plus je pense à elle. Ce qu'elle était jolie avec ses cheveux qui avaient la couleur du soleil de midi. C'est trop tard, maintenant, mais aussi, pourquoi m'a-t-elle repoussé ? Elle le disait à tout le monde que j'étais mignon. « T'es craquant », elle me disait, c'était son expression favorite. « Tu trouves pas qu'Untel il est craquant ? » ou « Regarde cette robe comme elle est craquante ! » Ah, voilà l'autre qui se ramène, l'animal !

jai peur, frerot, jai fait une conerie tu va dire. je peux réparé. faut pas quelle cause cette pétasse ! où quelle est ? non, te fache pas frerot, je sai ta raison j'sui un fou. allez, on s'aime bien quan même non ? en tout cas moi je t'aime bien.

EVA a du mal à retrouver le visage de son assaillant. Son cerveau refuse de se souvenir. Ça arrive souvent dans le cas d'une agression particulièrement sordide. C'est comme un voile épais qui enveloppe la mémoire.

— Son menton est trop pointu, murmure-t-elle au dessinateur qui, assis à côté d'elle, tente de dégager un visage.

Au bureau, on travaille évidemment sur ordinateur, mais là il est obligé de dessiner à la main, et il efface, arrondit, épaissit, rallonge. Se dégage peu à peu un visage flou avec des yeux vagues, un nez et un menton pas bien formés. Un visage banal, vu à des millions d'exemplaires.

— Vous ne vous souvenez de rien de particulier, quelque chose d'inhabituel ? Une barbe ? Des lunettes, des dents qui manqueraient ? Une cicatrice ?

À toutes mes suggestions elle secoue la tête. Jimmy soupire en levant les yeux au ciel. C'est pas avec ce genre de portrait qu'on va retrouver l'assassin.

— Est-ce qu'il était grand ?

— Moyen...

— Moyen, c'est quoi pour vous ? Comme moi ?

Elle hoche la tête.

— Plus petit.

— Gros ?

Elle ferme les yeux.

— Normal.

— Donc, un homme jeune, blond, de taille moyenne, de corpulence moyenne, timide et souriant…

— Pas toujours, souffle-t-elle.

— Je parlais du premier, celui qui vous a interpellée.

— Moi aussi.

— Vous nous avez dit ce matin que le premier était poli et le second pas. C'est ça ?

— Mais… oui, enfin, j'sais pas.

Le dessinateur reste le crayon en l'air. Il n'est pas content de ce qui est sorti de son dessin et je le comprends.

— Celui qui vous a fait signe s'exprimait correctement et avait un bon aspect. Et ensuite, celui qui se dissimulait au fond de la ruelle vous a frappée et insultée.

— Je ne sais pas… je ne sais pas… je ne me rappelle plus… !

Tout à coup elle explose, éclate en pleurs, tente d'arracher son pansement, se tord sur le lit. Je me précipite dans le couloir et appelle une infirmière.

— Vite, vite, venez, il y a un problème !

Elle arrive en courant, lui attrape les mains, tente de la calmer, appuie sur la sonnette pendant que la malheureuse se tord comme un ver.

Jimmy et moi essayons de la maîtriser mais elle est d'une force stupéfiante. Un toubib débarque, juge la situation, prend une seringue sur un plateau et la lui enfonce dans le bras.

Ça ne fait pas effet immédiatement, mais la malheureuse finit par se calmer.

Le toubib nous regarde d'un air mauvais.

— Vous allez la laisser tranquille maintenant, dit-il.

— Docteur…

— Non. Elle est très traumatisée et avec vos questions vous la replongez dans son cauchemar. Je ne veux plus vous voir ici.

— Vous ne comprenez pas…

— Si. Mais ici, je suis responsable de cette femme. Revenez plus tard.

Il a raison et moi aussi. Mais lui a la raison du plus fort car, dans cet hôpital, c'est lui le chef.

— Bon, sortons, dis-je.

Il n'y a plus qu'un seul flic dans le couloir qui tourne en rond et je vais vers lui.

— Où est votre collègue ?

— Il a reçu l'ordre de rentrer au poste.

— Le capitaine Franklin ?

— Oui, lieutenant.

Je me mords les lèvres pour ne pas déverser ma colère sur le pauvre gars.

— Veillez sur elle, dis-je. L'assassin va sûrement essayer de l'avoir.

— Oui… monsieur.

Je n'aurais pas dû lui dire ça car il pâlit. Même quand on n'est pas blonde de pareils cinglés fichent une sacrée trouille.

— Il a enlevé un flic, dis-je amer.

— Fallait pas s'attendre à autre chose, grommelle Rome.

On arrive au rez-de-chaussée. Je me tourne vers le dessinateur qui nous a suivis et lui montre le dernier dessin exécuté selon les indications d'Eva.

— À quoi ça ressemble ?

— Au père de ma femme, répond-il, et au pompiste du coin de ma rue.

Jimmy s'en mêle.

— Moi j'avais un prof de musique qui avait cette tête-là.

— Vous m'emmerdez, dis-je.

On arrive au commissariat et j'ai à peine posé mon manteau que le téléphone sonne.

— Lieutenant Goodman, c'est votre maire.

J'ai une seconde d'éblouissement. Ma mère ?

— Alors, elle avance ou pas votre enquête ?

— Vous faites allusion au tueur qui... mutile ses victimes... ?

— Je fais exactement allusion à lui. J'ai appris qu'une des victimes avait survécu.

— Elle est encore très secouée et le portrait-robot qu'elle nous a dressé ne nous est pas d'un grand secours.

— Vous savez que le premier meurtre a été perpétré contre ma nièce ?

— Bien sûr.

— Et que ma sœur et mon beau-frère sont à bout de nerfs...

— Je le comprends.

— Et qu'eux, mais aussi tous les citoyens de notre ville, veulent que l'on nous débarrasse de ces monstres.

— Nous faisons le maximum en collaboration avec le FBI, mais vous n'êtes pas sans savoir que la localisation de ce type de meurtriers est extrêmement difficile, d'autant que la recherche génétique sur le sperme retrouvé sur une des victimes n'a donné aucun résultat.

— J'espère au moins que vous avancez !

J'hésite à lui dire que si sa chère sœur et son cher beau-frère s'étaient manifestés en leur temps, nous en serions beaucoup plus loin, et peut-être que trois autres femmes n'auraient pas été défrisées par ces « coiffeurs » un peu spéciaux.

— Nous faisons le maximum, monsieur le maire.

— Je le souhaite, lieutenant Goodman, je vous le souhaite, dit le cher homme.

Franklin, prévenu par on ne sait quel fayot du bureau que le maire me parlait, sort de son antre et vient vers moi.

— C'était le maire ? Il vous a dit qu'il était content ?

— Il a dit qu'avec l'équipe en or que vous avez, vous devriez bientôt être attorney général.

Ses mâchoires se serrent, et derrière ses verres ses yeux me balancent un seau de napalm.

— Un jour, j'aurai votre peau, Goodman.

— Pour vous en faire quoi, un pagne ?

Les deux dernières répliques sont tombées dans un silence de plomb. J'imagine que les flics anticipent avec gourmandise nos confrontations. Il pivote sur ses talons et retourne dans son bureau.

— Un jour, il va vraiment vous allumer, me dit Jimmy.

— Ça tombe bien, c'est bientôt Noël. Bon, j'en ai marre, on va boire un verre chez Archie ?

— Si c'est vous qui m'invitez.

— D'accord. Je demande à ma fiancée de nous y rejoindre.

Je suis déprimé mais pas davantage qu'à mon habitude.

J'ai des dingues qui se baladent dans les rues à la recherche de blondes, vraies ou fausses ; un capitaine qui veut ma peau ; un maire qui veut ma tête, et ma mère qui m'a annoncé qu'elle revenait ce samedi et qu'il fallait que j'aille la chercher avec Spartacus à l'aéroport.

J'explique tout ça à Archie, coincé sur le même tabouret que Julia, en me régalant d'un hareng mariné et de pommes de terre chaudes. Jimmy se contente d'un gâteau au fromage avec un thé.

— Et qui va arriver le premier ? me demande Archie, toujours joueur.

— C'est terrible ce que font ces monstres aux femmes ! dit Julia en frissonnant. Dans ces cas-là, je suis pour la peine de mort.

— Moi aussi, dit Jimmy.

— Et toi ? me demande Julia.

— Je serais pour si c'était une des victimes qui l'appliquait. Il n'y a que ceux qui ont subi qui ont le droit de se faire justice.

— Comment tu veux qu'ils fassent s'ils sont clamsés ! proteste Archie.

— Alors vous êtes pour ? l'interroge Julia.

— Je savais bien que mon tour viendrait, soupire mon vieux copain. As-tu remarqué, Sam, que les femmes ont le chic pour vous poser des questions auxquelles on ne peut pas répondre ?

— Parce que vous êtes des lâches ! Vous faites moins de manières à la guerre quand il s'agit de tuer des gens qui ne vous ont rien fait ! réplique Julia. Et aussi parce que là ce sont des femmes qui dérouillent ! Si c'étaient des mecs qui se faisaient découper la couenne, ça râlerait sec. « Qu'est-ce que c'est que cette cinglée ! une mal baisée qui se venge des mecs ! toutes des salopes ! »

— Tu exagères, protesté-je.

— C'est pas ça, intervient Archie, mais la mode actuelle veut qu'on se penche davantage sur le sort des bourreaux que sur celui des victimes. T'as des collectifs de soutien dès que t'as un tocard qui en a zigouillé moins de cinq ! Ramène ta fraise et tu te fais traiter de Texan ! En plus, c'est nous qui avons inventé la loi du talion.

— Toute façon ils sont deux, dit Jimmy. Et il n'y a pas de chaise électrique double.

— Tu sais, me dit Archie, que j'ai eu ta copine Sandra au téléphone hier soir et qu'on est bien restés à discuter pendant une heure.

— Elle est passée en coup de vent et m'a dit de t'embrasser, je lui ai répondu qu'elle le fasse elle-même.

— Ça m'a drôlement fait plaisir de l'entendre. J'ai même eu Nina.

— Qui c'est ces filles ? demande Julia.

— Des filles drôlement chouettes ! s'exclame Archie. Du premier choix.

— Ah bon ? répond Julia qui s'est pincée comme un cintre.

— Il ne couche pas avec elles, dit Jimmy en se penchant vers Julia. Il me l'a dit.

— Ah, ravie pour vous, Jimmy, répond Julia.

— Tu sais ce qu'elle m'a raconté ? recommence Archie.

— Comment le saurais-je ? je réponds avec une forte envie de l'étrangler.

— Qu'elle ne croit pas que tes assassins soient deux. Avant de repartir elle est allée voir le type du FBI... Far... Ferbarg... Airbag, enfin le mec aux écouteurs. Il lui a fait écouter la bande et elle pense qu'il n'y a qu'un tueur.

— Ah bon ? C'est ce qu'elle t'a dit ? Vous menez tous les deux une enquête parallèle ? Avec l'aide bien sûr de Grande Oreille.

— En tout cas elle m'a dit de te le dire.

— Mais qui c'est cette fille, un flic ? demande Julia.

— Modesty Blaise, répond Jimmy. Un physique de

star avec le culot d'une chanteuse de rock et le cerveau d'un ordinateur.

— Intéressant, persifle Julia en me foudroyant du regard.

— C'est pas ce que tu crois, je bégaye.

— Ah bon ? Parce que tu sais ce que je crois ?

— Bon, on reprend un verre ? Et vous savez quoi, c'est la tournée d'Archie !

— Pourquoi tu m'oublies pas ? remarque Archie.

— Chouette, une table de libre, allez, on fonce, j'ai mal aux pieds ! Archie, tu nous donnes ça à table !

— Si vous portiez des vraies chaussures de flic au lieu de vos pompes de dandy vous n'auriez pas mal aux pieds, fait remarquer Jimmy en se laissant choir sur un tabouret avec un soupir de bonheur.

— Qu'est-ce qu'elles ont mes pompes ?

Archie arrive avec nos consommations et des soucoupes de pastrami et de saucisson tout frais. En une seconde j'ai la bouche pleine de salive.

— T'avais envie de te faire pardonner, hein, vieux brigand.

— Me faire pardonner de toi ? My God ! qu'est-ce qu'y faut pas entendre ! Comment va ta mère ?

— Bien, elle revient samedi. Tu veux que je te l'envoie ?

— Elle sera toujours la bienvenue. Dis-lui que j'ai un menu « spécial remontant » pour les mères qui ont des fils dans ton genre !

On siffle nos verres et je commence à me détendre un peu. Cependant ce que m'a rapporté Archie de sa conversation avec Sandra me trouble. Comment peut-on être à la fois deux et un ? Des jumeaux ? des siamois ? un maître et son esclave ? Bonnie and Clyde ou Dr Jekyll et Mister Hyde ? Quand l'un tue, l'autre regarde ? Lequel aime torturer ? Le poli est le rabatteur, et la petite frappe cogne ?

— Vous allez vous faire péter le couvercle, dit Jimmy.

— Ah, vous saviez que j'y pensais ?

— Oh ! en ce moment, tu ne penses à rien d'autre ! fait Julia avec la mauvaise foi que je lui connais.

— Comment vont Suzan et son imbécile de mari ? dis-je pour détourner l'orage.

— Pas de nouvelles.

— Il a débarqué au bureau pour me faire part de ses théories sur les possibles raisons qu'avaient les gens de tuer. Je lui ai demandé s'il avait aussi une idée sur les raisons qu'avaient certains maris de battre leur femme.

— T'as bien fait. Quand je pense que cette idiote de Suzan lui a pardonné.

Je raconte brièvement l'histoire à Jimmy.

— C'est curieux qu'il soit passé te voir, s'étonne Julia.

— Il m'a dit qu'il aurait voulu être flic et que c'est son père qui l'en a empêché.

— Et son frère, qu'est-ce qu'il fait ?

— On n'en a pas parlé. D'ailleurs, à y repenser, je me demande s'il ne nous avait pas dit une fois qu'il était fils unique… que son père resté veuf l'avait élevé assez durement… qu'il avait failli se marier quand il était à l'université et qu'en fin de compte il s'était engagé dans l'armée… mais il n'a jamais fait la moindre allusion à des frères ou sœurs. Remarque, j'ai pu oublier. Ce type ne m'intéresse pas au point de me souvenir de ce genre de détail.

— Suzan non plus n'en savait rien.

— Il est peut-être anormal et il veut le cacher, suggère Jimmy.

— Et il serait redevenu normal ? demande Julia.

Jimmy tapote sur la table.

— Archie a raison de dire que les femmes posent toujours de bonnes questions.

— Ah, c'est la sacro-sainte alliance masculine ? persifle-t-elle. Où on finit la soirée ? J'aimerais bien aller boire un cocktail au Riverside. Y a toujours des chtarbés, là bas. Vous nous accompagnez, Jimmy ?

— Ah, avec plaisir.

J'ai mal aux pieds et j'ai autant mal à la tête. J'aimerais à l'instant d'un coup de baguette magique me retrouver dans mon lit avec une vessie de glace sur le front.

Je suis au chevet d'Eva en compagnie du dessinateur et de Spitzer. Elle semble aller mieux.

Les indications qu'elle donne sont plus précises. Aujourd'hui on lui a défait son pansement et le médecin a dit que ça cicatrisait bien et qu'il ne restera pas de traces. Je crois que ça l'a soulagée.

Elle nous a dit être seule au monde, avoir été élevée dans un orphelinat d'où elle est sortie à dix-huit ans, et être venue tenter sa chance dans la grande ville. Drôle de chance. Spitzer ne dit pas un mot et se contente de l'observer. Je reste en retrait pour ne pas gêner, et quand le visagiste a terminé il nous montre le dessin.

— Et l'autre homme ? demande Spitzer.

— J'me rappelle pas... répond Eva.

Il la regarde, et moi je regarde le portrait. Ce visage m'est familier.

— Je connais ce type, dis-je.

— Qui c'est ? demande Spitzer.

— Je ne sais pas exactement où, mais je l'ai déjà vu.

— Ce qui expliquerait qu'il vous connaisse, dit Spitzer.

— Vous ne pouvez pas être plus précis dans votre dessin ? je demande au dessinateur.

Il hausse les épaules.

— J'ai suivi exactement ce qu'elle m'a dit.

— Eva, il y a quelque chose qui cloche dans ce portrait, lui dis-je en le lui montrant.

— Quoi ?

Sa voix est toujours rauque mais c'est peut-être naturel.

— Eh bien, je ne sais pas, mais par exemple les yeux, ils sont différents. Examinez-les. La bouche, là, elle est épaisse, et l'autre côté est mince. Le visage est trop asymétrique. Vous devez mieux vous souvenir.

— C'est comme ça qu'il était, répond-elle aigrement. Moi, en tout cas, c'est c'que j'me rappelle.

— Bon, admettons. Mais vous n'avez fait qu'une description. Lequel est-ce ? Le plus vieux ou celui qui vous a frappée ?

— J'en sais rien.

— Eva, je vous en prie, faites un effort.

Le psy m'écarte et se penche vers elle.

— Eva, diriez-vous que le premier homme, celui qui vous a gentiment interpellée, se serait soudain mis en colère pour on ne sait quelle raison, et que sa fureur l'aurait transformé au point que vous auriez cru qu'ils étaient deux ?

Spitzer a parlé lentement en détachant bien ses mots. Tant mieux, parce que moi aussi j'ai du mal à le saisir. Qu'une violente colère transforme l'expression d'un visage, certes, mais pas au point de croire que c'est un autre homme.

— J'en sais rien, répond-elle d'un air buté.

— Je vous remercie, mademoiselle, dit Spitzer, on va vous laisser vous reposer.

Il nous invite à le suivre à l'extérieur. Il prend le portrait et l'examine.

— J'ai vu que vous aviez suivi ses indications, dit-il au dessinateur, avez-vous eu l'impression qu'elle hésitait parce qu'elle ne se souvenait pas ?

Le type a une grimace d'ignorance.

— Non… moi je me disais qu'elle nous décrivait une drôle de tête, comme si elle voulait mettre deux visages en un seul. Mais vous savez, les témoins oculaires, surtout quand ce sont les victimes...

— Oui… dit Spitzer, pensif, c'est vrai que ce portrait n'est pas net. C'est un peu comme une photo en surimpression. Pourquoi pensiez-vous le connaître ? me demande-t-il.

— Je ne sais pas si je le connais, il me semble familier. L'expression, peut-être… Vous avez raison pour le côté photo brouillée...

— Je suis un artiste, dit le visagiste.

— Et si elle avait voulu décrire deux hommes qui se ressemblent beaucoup, comme des frères, par exemple… mais qu'elle ne sache pas lequel des deux… commençé-je…

— Est-ce qu'elle n'aurait pas inventé le type poli, murmure Spitzer, parce que ça la gênerait que l'on sache qu'elle a répondu à l'invite d'un petit voyou… ?

— J'y ai pensé aussi, dis-je. Mais il ne faut pas oublier le coup de téléphone que j'ai reçu. Il y avait effectivement un homme éduqué et une cloche.

— Et vous avez pensé à ce moment-là qu'ils étaient deux ? demande Spitzer.

— Euh, pas tout de suite, non. C'est Faerberg qui l'a découvert en écoutant la bande et en la décortiquant. Moi je m'étais dit que le type cherchait plutôt à nous flouer, mais j'ai moins d'oreille que lui.

— Alors ils sont un ou deux ? demande le dessinateur qui se noie dans nos explications.

— Ça vous ennuie de m'accompagner au FBI ? me demande Spitzer.

— Allons-y.

Je sais où est la fille. Ça m'a pris une demi-heure. Je n'avais pas son nom et il m'a fallu ruser. Je me suis fait passer pour le président d'une association de victimes et je suis tombé sur la gourde maison qui avait envie de se rendre intéressante.

J'ignore dans quel service elle se trouve parce que je n'ai pas osé demander trop de détails pour ne pas éveiller les soupçons.

Elle est sûrement sous bonne garde. Je vais y aller faire un tour et ensuite j'enverrai Harvey.

Je reprends mon journal ce matin avant de partir travailler.

Je l'ai localisée. Un flic avec une blouse d'infirmier et qui doit juste avoir l'âge de traverser tout seul fait mine de surveiller. En réalité, il surveille surtout les jambes des infirmières. Une aide-soignante espagnole qui ne comprenait pas grand-chose m'a dit qu'elle va mieux et se balade dans les couloirs. J'ignore ce qu'elle a pu dire à Sam de son agression. Je ne pense pas qu'elle puisse reconnaître Harvey, mais moi, si. N'empêche, depuis qu'il sait qu'elle n'est pas morte, il a rudement la trouille.

Il a quitté la maison et vit dans un hôtel meublé que je lui ai trouvé. Il me fait pitié malgré ma colère, mais je ne gâcherai pas ma vie pour lui. Je sais que, s'il se fait prendre, il me dénoncera parce que c'est un lâche, alors que mon seul but a toujours été de le protéger. Je dois penser à Suzan et aux enfants.

Cependant, avant de me débarrasser de lui il doit tuer cette fille.

Je paye ma trop grande faiblesse vis-à-vis de mon frère. Pourquoi n'ai-je pas écouté mon père qui me disait de ne pas le fréquenter ? Il m'a même dit pire.

Il avait peur de lui.

Est-ce normal qu'un père veuille tuer son enfant parce qu'il le juge fou ?

Leur violence me terrorisait, et je me cachais alors que j'aurais dû m'interposer en tant qu'aîné. J'en étais incapable. Je les ai vus se battre tellement de fois. Jusqu'à la dernière. Parce que je comprends maintenant que mon père ne s'est pas suicidé… Maman savait que Harvey était brutal, elle aurait dû se méfier ; mais c'était son petit garçon. C'est ce qu'elle disait : « C'est mon petit gars à moi. » Je me souviens que mon père la mettait en garde, elle n'écoutait pas.

Je sais aussi que Vivien n'a pas été tuée et violée par un rôdeur. Pourtant on l'a tous cru, même quand le type jusqu'à la veille de son exécution clamait son innocence.

« Ils disent toujours ça », a déclaré le juge qui l'a condamné. J'étais tellement bouleversé par la mort de Vivien que j'aurais appuyé moi-même sur la manette qui envoyait le courant.

Si la police trouve le corps de Harvey avec sa confession, les recherches s'arrêteront. Il faut que Harvey se suicide. Mais avant il doit se débarrasser de la fille. Il doit le faire pour moi.

DANS la salle de conférences du FBI qui ressemble au salon d'un grand hôtel, nous discutons, Spitzer, Kernel, Bronson et moi.

L'argent dont disposent ces fédés est amoral. Quand on songe que, pour obtenir la climatisation dans nos bureaux, il a fallu qu'à l'époque Thompson menace le maire de faire une grève de la faim, cela vous donne une idée de la bonne répartition des deniers publics. C'est vrai que le chef des fédéraux a l'oreille de la Maison Blanche, et nous, la balayette à chiottes.

— Vous lui avez montré des photos ? demande Kernel.

— Elle n'en a reconnu aucun et la séquence d'ADN du sperme recueilli sur Millicent Woolworth n'est pas répertoriée dans votre VICAP. Le portrait-robot ne donne rien. On n'a pas beaucoup avancé depuis la fois où nous nous sommes vus, dis-je. La seule chose tangible ce sont les voix.

— C'est pas avec ça qu'on va les poisser, grogne Bronson. On peut pas faire passer des auditions à tous les mâles du pays.

— D'autant, intervient Spitzer, que le lieutenant Goodman en tient toujours pour un imitateur.

Kernel lève un sourcil surpris.

— À cause de quoi ? Ce n'est ni l'avis de Faerberg ni celui de Weinberg.

— D'autant que, s'il est facile de changer sa voix et sa façon de parler, il l'est moins de se dédoubler. Et la jeune Eva a affirmé avoir affaire à deux hommes, reprend Spitzer. À moins que...

— ... À moins que quoi ? grogne Bronson qui est le genre à ne pas supporter un trop long silence pensif.

— ... À moins que... non, c'est une hypothèse trop folle.

— Dites toujours, dit Kernel d'un ton désabusé.

— Vous vous souvenez de l'affaire Mulligan ?

Kernel et Bronson secouent la tête négativement.

— Il ne s'agirait pas de cet homme aux multiples personnalités ? demandé-je.

— Vingt-quatre, pour être précis. Ça se passait dans les années 75, à Colombus, dans l'État d'Ohio. Il est arrêté après avoir commis quatre viols sous la menace d'une arme. Les victimes reconnaissent formellement leur agresseur et on retrouve chez lui ce qu'il leur avait volé. Mais on découvre au cours de l'interrogatoire que ce William Stanley Mulligan possède une personnalité multiple, affection rare qui fait de lui un être « éclaté » en plusieurs personnalités différentes.

» Un Anglais élégant et cultivé, amateur d'art et de littérature ; un Yougoslave brutal et d'une force prodigieuse qui apparaît lorsque l'une ou l'autre des personnalités est en danger ; une lesbienne de dix-neuf ans qui s'accuse des viols ; et même un bébé de trois ans. Chaque « habitant » apparaît spontanément. Il y a aussi un excellent artiste-peintre, un expert en explosifs, bref, cet homme était une famille à lui tout seul. Dès qu'il endossait sa nouvelle personnalité, tout se transformait en lui. L'âge, le caractère, les traits physiques, et même le sexe.

— C'est Jekyll et Hyde, dit Kernel, multiplié par dix.

— Si vous voulez. N'empêche que le tribunal de Colombus a, en première instance, décidé de le faire soigner et de ne pas le condamner.

— Ça tient pas debout, grogne Bronson que l'on verrait davantage tirer une charrue avec une longe que raisonner sur la démence humaine.

— Mais ça existe, dit Spitzer en essuyant ses lunettes.

— C'est ce que vous pensez pour ce cas ? je demande.

— Je n'en sais rien, il faudrait déjà le retrouver et l'examiner, répond le psy. Lui n'aurait peut-être que deux personnalités qui l'habiteraient : l'homme distingué et le voyou.

— Et qui tuerait ? demande Kernel.

— Alternativement l'un ou l'autre ou peut-être un seul, répond Spitzer.

— C'est de l'enculage de mouches. Alors quoi, ils sont deux ou un ? marmonne Bronson. C'est trop facile. Les psychopathes essayent toujours de jouer les dingues.

— Il ne s'est toujours pas présenté à l'hôpital ? demande Kernel.

— Non, et Franklin a décidé d'enlever dès demain le flic de garde qu'il estime plus utile à garder la quelconque garçonnière d'un foutu sénateur, dis-je.

— C'est pas l'amour fou, tous les deux, hein ? dit Kernel.

— C'est parce que j'ai refusé de l'épouser.

Spitzer et Kernel se mettent à rire. Pas Bronson qui écarquille les yeux.

— Il voulait me faire croire qu'il attendait un enfant.

Bronson laisse enfin fuser un ricanement et je me dis que c'est pas avec ce genre d'épée qu'on va choper l'autre dingue.

— Il croyait attendre un enfant, répète-t-il, hilare.

— Alors on n'a toujours rien, dit Kernel.

— Le lieutenant Goodman a cru le reconnaître, dit Spitzer.

— C'est vrai ? s'étonne Kernel.

— À vrai dire, c'est pas tant une ressemblance formelle que de faux airs, des expressions. La première voix que j'ai réentendue avec Faerberg me disait déjà quelque chose, mais vaguement.

— Faudrait peut-être creuser là-dessus, dit Kernel. Ça expliquerait qu'il veuille avoir affaire à vous. Un voisin, un type que vous auriez arrêté… ?

— Je ne pense pas. Les psychopathes dont j'ai eu à m'occuper ne possédaient pas ce profil. Je vais garder le portrait. Vous l'avez envoyé à tous les postes de police ?

— Bien sûr. Ainsi qu'aux péages d'autoroute, aérodromes, Greyhound, enfin partout. Tous les flics de la ville se promènent avec sa tête.

— Bon, dis-je en rangeant le dessin. Je vais chercher ma mère à l'aéroport, et ce soir je passerai voir Eva pour le cas où elle se souviendrait d'autre chose. Si vous avez du nouveau, appelez-moi sur mon portable.

— Bonjour à votre mère, dit Spitzer avec un fin sourire.

Je sais pourquoi. En tant que psychiatre, il ne peut être que reconnaissant aux mères juives.

— SPARTA, bordel, reste tranquille !

Depuis une demi-heure je joue les Ben-Hur avec le chien de ma mère, qui, par je ne sais quel instinct, a compris que la femme de sa vie allait apparaître, et qui me tire de toute la force de ses quatre-vingts kilos de viande musclée sur le sol carrelé de l'aéroport. À nous deux on a déjà bousculé pas mal de valises accrochées à leur propriétaire.

Enfin l'avion en provenance de Fort Lauderdale déverse son flot de sportifs bronzés du troisième âge, et j'aperçois ma mère.

Par chance, elle a eu le bon goût de se souvenir que quarante degrés Celsius séparaient la Floride du Massachusetts, et elle porte un manteau, contrairement à ses voisins qui sont revêtus de lin candide et de laine fine.

— Par ici ! je crie, pendant que Spartacus, dressé sur ses cent quatre-vingts centimètres de longueur hors tout, bat des pattes en hululant un chant d'amour qui alerte la sécurité.

— Bon Dieu, tu vas la boucler !

Ce chien amoureux me rend nerveux.

Le visage de ma mère s'éclaire en nous apercevant,

et elle vient vers nous en poussant un chariot surchargé de bagages.

— Mes chéris ! s'exclame-t-elle en nous embrassant et en nous caressant. Mes trésors à moi !

Je me débats et réussis à entraîner le couple vers la sortie, où, grâce à mon manque de scrupules et à ma plaque de police, je kidnappe un taxi devant une file grondante, et surtout avant que le chauffeur ne s'aperçoive qu'en plus de deux adultes et une montagne de bagages que je fourre à toute vitesse dans le coffre, il embarque aussi un veau marin.

— Qu'est-ce c'est qu'ça ? rugit-il en se retournant et en se cognant à la truffe grosse comme un ballon de foot de Spartacus.

— 2110, Revere Street, grouillez-vous ! coupé-je en lui collant ma plaque sous les yeux, je vais agrafer un toquard ! Dix dollars de pourboire si vous nous y amenez vite !

Le malheureux renonce à comprendre pourquoi pour agrafer un « toquard », je me fais accompagner d'une dame bronzée et élégante d'une bonne soixantaine d'années, et d'un tigre de Sibérie. Mais il nous dépose chez ma mère en un temps record.

Je règle la course en restant dans le taxi.

— Soyez sympa, dis-je au chauffeur en lui glissant un nouveau billet de dix, montez ses bagages !

— Et lui ? demande-t-il en désignant le chien.

— Il monte tout seul. Maman, je te laisse, j'ai un travail fou ! On s'appelle.

— Comment, tu ne montes pas ?

— Non, dis-je en sortant par la porte circulation et en courant vers un autre taxi, je t'expliquerai !

Par chance, Sparta, qui ne comprend pas pourquoi le chauffeur veut s'emparer des objets de sa chérie, manifeste sa désapprobation et détourne l'attention de ma mère.

— Hôpital général ! je lance au chauffeur en m'engouffrant dans sa voiture.

Il hoche la tête en rigolant devant son collègue aux prises avec Moby Dick, et démarre.

— Où est le policier qui était de garde ? je demande à une femme de service qui nettoie devant la porte de la chambre d'Eva Haguerthy.

— J'sais pas.

— Et où est la jeune femme qui occupait cette chambre ?

— J'sais pas, répond-elle avec la même grâce souriante en traînant sa serpillière le long du couloir.

— C'est moi qu'vous cherchez, lieut'nant ?

Je me retourne devant Eva qui arrive à petits pas. Son pansement ne recouvre plus que la partie décollée de son crâne, mais affublée des vêtements de l'hôpital son allure générale est assez pitoyable.

Il est plus de dix heures du soir et les autres malades dorment ou se gavent de télé dans leur chambre.

— Qu'est-ce que vous faites dans les couloirs ?

— Oh, j'peux pas dormir ! Je sors quand, lieut' nant ?

— Je ne sais pas, ça dépend de vos médecins. Où est le policier qui était là ?

— J'ai pas fait attention, il a dû partir dans l'aprèsmidi. Je m'suis beaucoup baladée aujourd'hui. Je voudrais rentrer chez moi.

— Oui, mais en attendant il faut aller vous coucher.

— Y a une cafet' en bas, si on allait prendre un jus ?

— Je dois appeler le commissariat. Restez dans votre chambre.

Je la pousse à l'intérieur et compose le numéro du poste sur mon portable.

— Allô, ici sergent Wilburg du 9e Precinct, me répond la voix de Wilburg.

— Tom, c'est moi, Goodman. Je suis à l'Hôpital général et il n'y a pas de flic de garde, vous êtes au courant ?

— Pas vraiment, à part que j'ai entendu Franklin dire que c'était plus la peine d'immobiliser un « bleu » puisque la fille devait sortir demain et que les tueurs s'étaient pas manifestés jusqu'ici.

— Demain, c'est pas ce soir. Un flic aurait dû rester cette nuit. Vous savez où est le capitaine ?

— Chez lui, sûrement.

— Merci.

J'appelle Franklin et tombe sur son répondeur. Ou il est allé à une réunion de son cher Farrakhan, ou il se tient tapi derrière son téléphone et n'a pas envie de m'entendre.

Découragé, je m'adosse contre le mur et regarde s'étaler devant moi des couloirs aussi vides et sinistres que des cerveaux de chasseur. Un hôpital, la nuit, avec son silence, ses odeurs, ses portes fermées derrière lesquelles se recroquevillent les malades, suinte la solitude et l'abandon. C'est un lieu où règnent la détresse et la douleur. Et la peur.

Comme tous les gosses j'ai été opéré de l'appendicite, et je me souviens de m'être dit à l'époque que n'importe quel barjot pourrait pénétrer sans problème et massacrer tranquillement tous ces gens allongés sans défense. Je m'étais rassuré en regardant ma mère dormir dans le lit voisin, mais l'impression m'était longtemps restée.

Je sais qu'à chaque étage des médecins roupillent d'un œil, des surveillants surveillent. Mais où sont-ils, ce soir ?

Au bout du couloir, à droite, une porte fermée qui mène à d'autres services ; à gauche une autre ouvre sur le palier. Au milieu, deux ascenseurs.

Et derrière moi une gamine à qui on fait jouer le rôle de la chèvre.

J'entre dans la chambre et prends une chaise que je tire dans le couloir. Eva, allongée sur le lit, se lime les ongles et m'adresse un sourire.

— Vous pourriez me garder à l'intérieur, lieut'nant.

— Dormez, je reste dehors.

— Dommage.

Je m'installe en pensant qu'un jour je me ferai le plaisir de casser la gueule à cet abruti de Franklin qui m'oblige à passer la nuit à jouer les chiens de garde.

Je voudrais parler à Julia mais je tombe sur son répondeur et je me dis que les flics ont raison quand ils disent que chez nous aucune union ne peut tenir.

La chaleur me fait somnoler, je me lève, enlève mon pardessus et exécute quelques mouvements.

J'ai envie d'appeler Jimmy pour qu'il me remplace mais y renonce. Je jette un coup d'œil dans la chambre d'Eva et vois qu'elle a éteint. Je me rassois, allonge mes jambes.

Tout à coup, je me réveille en sursaut. J'étais sur le point de tomber de ma chaise. Mais ce n'est pas seulement ça qui m'a réveillé.

La porte de gauche, celle qui mène au palier, bat doucement. J'ai le cœur qui s'emballe et je porte la main à mon holster de ceinture. Il est vide. Dans un éclair, je me souviens de m'être débarrassé de mon .38

au bureau pour aller chercher ma mère, et avoir oublié de le reprendre.

Je me lève, entrebâille la porte de la chambre d'Eva et constate qu'elle dort paisiblement. Je me dirige vers la porte palière qui entre-temps s'est immobilisée. Elle mène à l'extérieur et il n'y a pas de raison qu'un membre du personnel l'emprunte.

Quelqu'un a-t-il pu entrer pendant que j'étais assoupi et se cacher dans une autre chambre ?

J'entrouve la porte et sors sur le palier. Je plonge le regard dans l'escalier seulement éclairé d'une lumière d'appoint. Il semble vide sur les deux étages, mais d'où je suis je ne peux être certain que l'issue du bas qui donne sur le jardin est toujours fermée.

Je devrais m'en assurer mais je ne veux pas laisser Eva sans surveillance. Je reviens dans le couloir pour voir la porte de la chambre voisine de la sienne, qui est inoccupée, se refermer. Je cavale vers elle et l'ouvre à la volée.

Il est là. Debout dans l'obscurité. Sa silhouette est découpée par la lueur projetée de la fenêtre. Il est ramassé sur lui-même, les mains en avant, la tête légèrement penchée.

— Qui êtes-vous ?

Il tient quelque chose dans la main droite. Une lame longue, fine et brillante. Je regarde autour de moi.

— Salut, mec...

— Qui êtes-vous, qu'est-ce que vous faites là ?

Il se met à rire, et son rire me donne la chair de poule. Je suis le seul obstacle entre lui et Eva. Obstacle dérisoire pour ce fou.

— Ne bougez pas, il y a des flics à tous les étages.

Il glousse, racle les pieds.

— Raconte pas d'conn'ries, mec. J'suis passé d'vant toi tout à l'heure, tu roupillais comme un bienheureux.

J'aurais pu te saigner comme un poulet. Comme un poulet, répète-t-il, avec son rire grinçant. Pas mal, hein ?

Il se redresse, avance. Je me mets en position de défense. Il tient sa lame comme un pro, à hauteur de ceinture, la pointe en avant. Si je bouge, il m'embroche.

— J'te veux pas d'mal, dégage, poulet.

Il y a une sonnette au-dessus du lit. Mais entre elle et moi il y a lui.

— Venez avec moi, vous n'avez aucune chance de vous en sortir. Vous avez besoin d'être soigné. On ne vous fera pas de mal.

— J'suis pas malade, ricane-t-il. Tire-toi, poulet.

Il fait un pas en avant et la clarté venue du couloir derrière moi l'éclaire soudain. J'ai un choc.

— Faut qu'j'la finisse, tu l'sais bien. J'te touch'rai pas, tu diras qu'j't'ai assommé. Je sais qu't'es pas enfouraillé. Remarque, c'est c'qui t'a sauvé la mise, tout à l'heure.

— T'es le frère de Brian, dis-je en allumant brusquement.

Et à ce moment se passe une chose incroyable. Il se bloque, et en un instant son visage se transforme comme un Fregoli.

Le rictus qui lui tordait la bouche s'efface. Son regard chavire et ses lèvres bougent rapidement en silence. Il se redresse, laisse échapper le poignard. Ce n'est pas le frère de Brian, c'est lui.

Il plonge la main gauche dans sa poche de pantalon. Je me raidis. Mais il reste dans la position détendue et souriante d'un ami qui vous a reconnu.

— Mon frère, Sam ? Non, pas mon frère. À votre commissariat on m'a dit que vous étiez ici. Je venais justement vous parler de lui.

— Avec un poignard ?

— Un poignard ? — Il regarde autour de lui et l'aperçoit sur le sol. — Oh, ça ? C'est vrai que c'est une manie. Il ne s'en sépare jamais.

— Qui ?

— Harvey. Je savais qu'il viendrait tôt ou tard. Je l'ai suivi.

— Vous avez suivi qui ? Qui est Harvey ?

— Mon frère. Quand il a su que la malheureuse qu'il avait à moitié tuée était ici, j'ai compris qu'il viendrait l'achever.

— Et où est-il ?

— Il s'est échappé, hélas, soupire-t-il. Mais je sais où le retrouver.

J'entends des pas dans le couloir et deux infirmières apparaissent. Elles s'arrêtent dans mon dos.

— Qui êtes-vous ? demande l'une d'elles, agressive, et qu'est-ce que vous faites ici ?

Sans me retourner, je sors ma plaque et la lui montre à bout de bras.

— Lieutenant Goodman, de la criminelle.

— Et lui ?

Brian avance vers nous.

— Je m'appelle Brian Marshall, et j'étais venu rendre visite à mon ami Sam pour le mettre en garde contre mon frère.

BRIAN m'a suivi sans problème au commissariat. Franklin est déjà là avec Kernel et Spitzer qu'il a sans vergogne tirés de leur lit.

Jimmy et moi sommes avec Brian dans la salle des interrogatoires et les autres sont derrière le fameux miroir sans tain. Brian a les bras posés sur la table dans une attitude détendue et ne semble pas comprendre pourquoi il est là.

— Où est passé votre frère, Brian ? je lui demande pour la troisième ou quatrième fois.

— Il s'est enfui lorsqu'il vous a entendu arriver et je n'ai pas pu le retenir.

Il ne montre aucune impatience, plutôt de l'étonnement.

— Il n'y avait personne d'autre que vous dans la chambre.

— Parce que, comme je viens de vous le dire....

— Assez !

Excédé, je me mets à arpenter la pièce de long en large. Il m'observe d'un air inquiet. Jimmy allume une cigarette.

— Excusez-moi, mais je ne supporte pas la fumée, lui dit-il gentiment.

Jimmy ne répond pas et continue de fumer sans le quitter des yeux.

— Brian, dis-je en me penchant sur lui, c'était vous qui étiez dans la chambre !

— Mais oui, évidemment. Mais il y avait aussi mon frère. Seulement il a réussi à s'enfuir.

Il me répond avec cette bienveillance que l'on a pour les demeurés. J'ai du mal à penser qu'il ne se fout pas de moi.

La porte s'ouvre devant Spitzer. Il va vers Brian, lui serre la main et s'assoit face à lui avec un air aimable.

— Monsieur Marshall, quand avez-vous vu votre frère pour la dernière fois ?

— Ce soir, à l'hôpital, juste avant que Sam ne surgisse.

— Le prénom de votre frère, c'est bien Harvey ?

— Exact.

— Et avez-vous d'autres frères ou sœurs ?

— Non, nous ne sommes que deux.

— Harvey et Brian ?

— Mais oui.

— Et... vous avez toujours vécu près de votre frère ?

— Non. Harvey.... mon frère n'a pas eu de chance dans la vie. Alors il allait, venait, toujours à la recherche d'un petit boulot. Ce n'est pas qu'il soit bête mais il est assez instable.

— Oui. Et il est revenu récemment ?

— Comme je vous l'ai dit, il va, il vient. Un matin il apparaît, reste quelque temps, et repart.

— Vous donne-t-il des nouvelles quand il est loin ?

— Non.

— Et quand il revient vers vous, où loge-t-il ?

— Ça dépend. Parfois il prend une chambre dans un hôtel meublé, quand il a un travail régulier, et parfois il s'installe chez nous.

— Chez nous, vous voulez dire chez votre femme et vous ?

— C'est ça.

— Et dernièrement, il habitait où ?

Brian hésite.

— Heu…un peu…il habitait un peu…chez moi et après…

Il se tait. Son regard s'éteint. Ses yeux sont agités de mouvements saccadés comme s'il souffrait de nystagmus. Ses lèvres moulinent des mots inaudibles tandis qu'il se raidit et que ses poings se serrent sur la table. Il regarde Spitzer en tordant la bouche.

— Tu crois qu'c'est marrant d'crécher dans une pareille tôle ? T'as pas seulement fini d'pisser qu'y faut prend'e la balayette ! C'est une vraie bonniche qu'il a épousée, mon frangin !

Le changement a été si brutal qu'on reste pétrifiés. Jimmy s'est soulevé à moitié de sa chaise en portant instinctivement la main à son colt. Seul Spitzer a moins réagi, il a juste sursauté.

— Vous êtes qui ? demande-t-il.

— Ben, mon pote, j'suis l'gars qu'tu cherches !

— C'est-à-dire ?

— Harvey, quoi !

— Le frère de Brian ?

— T'as tout bon.

Jimmy me regarde, les yeux exorbités.

Spitzer se lève, s'appuie au mur et demande nonchalamment :

— Vous venez d'où ?

« Harvey » hausse les épaules et s'essuie la bouche d'un revers de main.

— J'viens d'sous le projecteur.

— Et où est…votre…où se trouve Brian en ce moment ?

— Il dort.

Je ne sais pas quelle tête je fais, mais si c'est la même que celle de Jimmy je dois avoir l'air complètement abruti. Car ce n'est pas seulement la voix qui a changé, mais l'aspect.

Brian se tenait droit, les coudes posés légèrement devant lui, et à présent il est affalé sur sa chaise, la tête renversée en arrière, les jambes allongées, écartées, les bras ballants, avec sur le visage une expression vulgaire qui le transforme au point qu'on a du mal à le reconnaître.

— C'est lui qui vous a dit de venir ? demande Spitzer.

— Nan. Mais quand je sens qu'il commence à perdre les pédales, le frérot, alors j'arrive.

Jimmy esquisse un geste que Spitzer arrête de la main.

— Vous êtes allé à l'hôpital ?

« Harvey » tord un peu plus la bouche.

— J'ai l'droit à un avocat.

Spitzer me regarde, interrogateur.

— Vous n'êtes pas inculpé, seulement interrogé comme témoin, dis-je.

— C'qui veut dire ? demande-t-il en me toisant avec dédain.

— Ce qui veut dire que...

Je ne sais plus ce que ça veut dire, et je me tourne vers la glace. Les autres comprennent et, un instant après, Kernel et Franklin rappliquent.

Ils restent debout près de Spitzer et considèrent « Harvey » sans aménité.

— Quand tu arrêteras de te foutre de nous ! gronde Franklin.

Spitzer fait un geste inutilement apaisant.

— Va t'faire foutre, négro ! crache Harvey qui se dresse brutalement.

Aussitôt le .38 de Jimmy saute dans sa main. Spitzer s'empresse de se mettre devant « Harvey ».

— Je vous en prie, on reste calmes.

Franklin regarde Brian avec dégoût. Kernel n'a pas bronché. Moi, je suis largué.

Sommes-nous devant le cas dont nous a parlé Spitzer ? celui des personnalités éclatées ? Ou est-ce que Brian se moque de nous ? Il a très bien pu entendre parler de ce Bill Mulligan.

— Inutile d'être agressif, Harvey, dit Spitzer d'une voix posée. Il faut comprendre que nous avons eu affaire à Brian et qu'à présent nous vous rencontrons. Pourrait-on parler à votre frère ?

« Harvey » lui lance un regard torve. Sa bouche grimace, il se mord les lèvres.

— Pourquoi ?

— Parce que nous... le connaissons davantage, répond Spitzer.

« Harvey » le considère avec haine. La haine instinctive de ce genre d'hommes pour tous ceux qui n'appartiennent pas à leur monde.

On est tous figés comme dans l'attente d'une explosion, à l'exception du psy qui semble apprécier en gourmet la situation. Dehors, on entend le carillon d'une église proche sonner la demie d'une heure, et le roulement familier de la circulation.

Il existe dans la vie des situations où l'on ne sait plus où se trouvent le plafond ni le plancher, où nos repères habituels nous échappent, et dans ces moments-là l'angoisse vous prend parce que vous n'êtes pas sûr que les vrais fous sont du bon côté des barreaux. C'est ce que je ressens cette nuit-là. Qui est qui ? Lequel d'entre nous pourrait se vanter de le savoir ?

« Harvey » soupire profondément, tel un ballon qui se dégonfle. Son buste et ses membres se tétanisent.

Ses yeux papillotent. Ses doigts tambourinent convulsivement sur la table. Ça dure quelques minutes, puis il semble manquer d'air, ouvre et ferme nerveusement la bouche. Il secoue violemment la tête et se dresse sur sa chaise comme s'il se débarrassait d'un fardeau. Enfin il ouvre les yeux et nous considère, l'air hagard.

— Vous vouliez me parler, docteur? demande-t-il, essoufflé, à Spitzer.

— Heu...oui. Nous...venons de parler à votre frère et...

Visiblement, le psy n'est pas loin de perdre aussi son contrôle. La transformation est trop rapide. Devant nous vient de se passer un événement qui est habituellement de l'ordre du virtuel.

Franklin se tourne alternativement vers moi et Kernel. Ses yeux sont arrondis de stupéfaction.

— Ainsi, vous avez pu l'arrêter? me demande anxieusement Brian.

Franklin se plante devant lui, les poings appuyés sur la table.

— Tu vas nous prendre encore longtemps pour des cons? grince-t-il.

Je m'interpose.

— Nous allons être obligés de vous inculper. À partir de maintenant vous avez le droit de garder le silence et tout ce que vous direz pourra être retenu contre vous. Si vous ne connaissez pas d'avocat ou ne pouvez le payer, il vous en sera fourni un d'office. Avez-vous compris ce que je viens de vous dire?

Franklin fait une grimace. Il sait que j'ai raison. Un peu plus et Brian, s'il avait commencé d'avouer sans qu'on lui ai dit ses droits, pouvait ressortir libre.

— Je crois que mon frère et moi allons en avoir effectivement besoin, répond Brian en me remerciant d'un hochement de tête.

BRIAN a appelé Me Stinkler qui est arrivé une heure plus tard. Pendant ce temps, il est resté « Brian » et a discuté avec Spitzer et moi, parce que Franklin est trop furieux et Kernel, sceptique. Moi aussi. Mais moi, j'ai de l'imagination. Jimmy se contente de rester sur son quant-à-soi.

Le journaliste qui passe régulièrement au poste, Ron Stroop, a, dès qu'il a su, foncé à son journal, le *Boston Mirror*, et rédigé son papier pour le lendemain en se servant du peu qu'il a réussi à glaner.

Comme une épidémie, ses confrères ont débarqué avant même que Stinkler se pointe. Je ne comprendrai jamais comment font les journalistes pour être prévenus, alors que le plus clair de leurs efforts consiste à cacher aux concurrents ce qu'ils ont découvert.

Toujours est-il qu'une meute bruyante a envahi le poste et mis tout le monde sur les dents. On a descendu Brian dans une cellule au sous-sol.

Quand Stinkler est arrivé, il a aussitôt demandé de quoi son client était accusé.

— Meurtre au premier degré, ai-je répondu. Trois, peut-être quatre.

— Brian Marshall ? Trois meurtres au premier degré ? a-t-il répété d'un air moqueur.

— Il est en bas, si vous voulez le voir.

— Et ceux-là ? a-t-il demandé en désignant les journalistes qui se bousculaient pour l'interroger et le photographier.

— Ils viennent pour voir le « coiffeur ».

Il a pincé la bouche sans répondre et a emprunté l'escalier du sous-sol.

Stinkler porte beau. Il doit tourner autour de la cinquantaine et paraît en bonne forme. Je suis étonné que Brian le connaisse car il est réputé pour être très bon et très cher, et je me demande comment ils se sont rencontrés.

J'ordonne aux plantons d'évacuer la meute vociférante des journaleux, et descends au sous-sol rejoindre Stinkler.

— Il est avec lui, m'indique Franklin en désignant d'un coup de pouce la salle d'interro.

Kernel et Jimmy discutent dans un coin et Spitzer écrit sur un bloc. De temps en temps il s'arrête pour réfléchir puis se remet à écrire.

Un simulateur ou un dingue de la trempe de Brian est du pain bénit pour ces casseurs de têtes.

— Vous avez eu de la chance, me dit Kernel en s'approchant.

— Pourquoi vous ne m'avez pas appelé ? reproche Jimmy.

— Pas eu le temps.

— Il est entré comment ? demande Kernel.

— Aucune idée. À un moment j'ai dû m'endormir et quand je me suis réveillé en sursaut, j'ai su qu'il était là.

Jimmy opine.

— Une putain de chance. Surtout que vous n'étiez pas armé.

— C'est peut-être ça qui m'a sauvé, mais ne le dites pas à ma mère.

À ce moment, Stinkler sort de la pièce et s'adresse à Franklin :

— Vous avez officiellement inculpé Brian Marshall, capitaine ?

Franklin acquiesce.

— Dans ce cas, je veux avoir dès demain toutes les pièces du dossier sur mon bureau.

— Vous les aurez, maître, répond Franklin, dès que le lieutenant Goodman aura rédigé son rapport sur l'arrestation.

— Vous avez, bien sûr, établi les preuves de la culpabilité de mon client ?

Franklin se gratte la tête.

— Votre client, pour l'instant, maître, reste à disposition de la justice jusqu'à ce qu'il soit confronté à l'unique témoin vivant.

— Et l'arme des prétendus crimes ?

— Le lieutenant Goodman a trouvé Brian Marshall en possession d'un poignard à lame effilée qui pourrait bien être celui dont s'est servi l'assassin pour scalper ses victimes. L'arme est actuellement au labo de la police aux fins d'analyse. Nous allons également faire une recherche génétique sur Brian Marshall et confronter le résultat avec le sperme trouvé sur l'une des victimes. Nous allons enfin procéder à une perquisition à son domicile afin de retrouver d'autres indices de sa culpabilité...

— Je vais déposer une requête auprès du tribunal pour une mise en liberté immédiate et porter plainte pour détention abusive, prévient l'avocat.

— Pour trois meurtres ?

— Mon client n'est pour l'instant accusé que de s'être trouvé dans une chambre d'hôpital en dehors des heures de visite. Il ne s'est livré à aucune voie de fait contre quiconque et n'a opposé aucune résistance quand il s'est agi de suivre le lieutenant au poste de police. Il m'a affirmé que seul son frère était responsable des crimes et avoir tout tenté pour l'en empêcher.

— Il n'a pas de frère.

— Il prétend le contraire.

— Nous avons la vidéo et l'enregistrement de son premier interrogatoire en présence de cinq témoins, grince Franklin, et croyez-moi, maître, c'est éloquent.

— Jusqu'à ce qu'on lui ait lu ses droits, Brian Marshall n'était là qu'en qualité de témoin. Tout ce qu'il a dit avant ne peut être retenu contre lui.

— Vous savez parfaitement, maître, que nous avons le droit de garder le suspect jusqu'aux différents résultats d'analyse, répond Franklin qui visiblement a du mal à conserver son calme. Et je sais que le procureur s'opposera à une remise en liberté sous caution. Vous connaissez son frère Harvey ?

— Son frère ? Non. Mais c'est lui que vous auriez dû arrêter. Si la police se met à appréhender les frères des suspects faute de pouvoir arrêter les suspects, vos commissariats et vos prisons vont rapidement déborder, grince Stinkler.

— Faites-nous la grâce de nous accorder les quelques jours auxquels nous avons droit, sourit Franklin d'un air sinistre.

— Quand aura lieu la confrontation ?

— Dès que l'état du témoin, scalpé et aux trois quarts étranglé, le permettra, et quand le procureur aura été saisi de l'affaire. Disons trois, quatre jours.

— D'ici là, et pour le cas où le juge suivrait vos conclusions et refuserait de le remettre en liberté, ce que je n'espère ni ne crois, je veux pouvoir rencontrer mon client dans un endroit adéquat.

— Il sera transféré dès demain matin à la prison du comté, maître, dont vous avez bien sûr les coordonnées.

— Brian Marshall est un homme bien élevé qui n'a rien à voir avec la racaille que l'on trouve habituellement dans ce genre d'endroit. Pouvons-nous espérer, capitaine, que vous aurez l'amabilité d'en dire deux mots aux responsables de la prison ?

— L'Hôtel Pierre[1], à côté de son futur lieu d'incarcération, sera comparable à un taudis, répond Franklin avec un sourire tordu.

Stinkler le toise d'un air agressif, soupire et tourne brusquement les talons.

— Quels enfoirés ces avocats, grince Jimmy.

---

1. Un des hôtels les plus chers de New York.

— C'EST de la folie ! s'exclame Julia. De la pure folie !

Il est cinq heures de l'après-midi et elle est couchée à côté de moi dans mon lit.

Elle revient d'un tournage de plus d'une semaine à La Nouvelle-Orléans où ni elle ni personne de son équipe, d'après ce qu'elle m'a dit, n'ont ouvert une radio ou lu le moindre canard. Nous avons déjeuné ensemble et je l'ai ramenée chez moi où nous avons fait l'amour.

Longuement, amoureusement, sans la frénésie qui nous est habituelle, comme si nous devions nous redécouvrir après ces quelques jours de séparation.

— Tu ne crois pas à la culpabilité de Brian ?

— Mais vous êtes complètement fous ! Et tu m'en parles seulement maintenant ? Et de cette manière ?

— Comment te le dire autrement et vouloir te l'apprendre le plus doucement possible ? J'avais peur de gâcher notre vie avec ça.

— Avec ça ? Ta saloperie de métier t'a déglingué à ce point que tu puisses me faire l'amour comme tu l'as fait en sachant que le mari de ma meilleure amie est accusé de meurtres odieux ? Un homme avec qui je suis partie en vacances, que j'ai invité des dizaines de fois chez moi ?

Elle se lève d'un bond, rejette le drap, frémissante d'indignation, court vers le fauteuil, où, plus tôt dans l'après-midi, elle a balancé son sac, le fouille fébrilement comme le ferait un cardiaque ou un asthmatique à la recherche de son remède, en sort un paquet de cigarettes, et en allume une en s'y reprenant à deux ou trois fois, crache la fumée, marche de long en large les bras croisés sur la poitrine, le visage ruisselant de larmes silencieuses, sans que je trouve le moindre mot, le moindre geste pour apaiser sa souffrance et son incompréhension.

Et je sais qu'elle a raison, mille fois, dix mille fois raison, de s'indigner de mon manque de tact et de ma lâcheté. J'ai cru bêtement que notre amour serait suffisant pour qu'elle croie l'incroyable ; j'ai oublié que le premier réflexe de n'importe qui est de repousser l'horreur. Le Mal est toujours ailleurs, mais loin. Comment ai-je pu imaginer qu'elle accepterait la monstruosité d'un homme qui depuis six ans couche avec sa meilleure amie ?

Elle s'arrête, se plie en deux, éclate en sanglots, secouée de hoquets. Elle tombe à genoux et je la prends dans mes bras, mais elle me repousse, court à la salle de bains, claque violemment la porte, et je l'entends sangloter à perdre haleine, et je tambourine en l'appelant, en la suppliant de m'écouter, d'arrêter ce chagrin qui l'emporte, ce chagrin qui l'emporte loin de moi.

— J'AI téléphoné à des confrères, nous dit Spitzer. D'éminents psychiatres comme Stella Delano, George Harding ou encore Dorothy Tanner, qui ont étudié et soigné ces malades qui souffrent de personnalités multiples. J'ai là les dossiers.

Terry Sherman et Yaccov Lavich, les deux substituts du procureur chargés de l'affaire, ne répondent rien. Avec eux, il y a Me Stinkler et son assistante Judy Garson, une jolie fille déterminée ; votre serviteur, Kernel, Franklin, et le docteur Marion Kolovich, avocate et psychiatre, représentant le centre de santé d'Athens. Jimmy n'a pas été invité.

— Il y a beaucoup de cas de ce genre ? demandé-je.

— Peu, mais toujours très troublants, répond Spitzer.

— C'est le moins qu'on puisse dire, marmonne Franklin.

Nous sommes réunis à la prison Lebanon où Brian a été incarcéré après qu'Eva Haguerthy l'a formellement désigné au milieu d'un groupe de six hommes. Elle a dit avoir reconnu le premier individu qui l'a interpellée. Le second n'était pas là.

Nous sommes venus interroger Brian sur son journal que nous avons trouvé chez lui, coincé derrière la chasse d'eau des WC de la chambre d'amis.

Stinkler a aussitôt demandé que le carnet soit versé dans le dossier des pièces à décharge.

Il est évident que ce carnet est la preuve irréfutable de la confusion mentale de Brian Marshall, sauf si l'on pense que les crimes commis ont été prémédités. Dans ce cas, ce carnet devra justement constituer une preuve à charge. Ce sera à la partie civile de le démontrer.

Nous avons également découvert trois perruques blondes achetées toutes chez le même fournisseur. Des perruques en faux cheveux, bon marché.

Le laboratoire a, de son côté, formellement identifié le sperme recueilli sur Millicent Woolworth comme ayant le même code génétique que celui de Brian.

Sur le poignard on a retrouvé des traces de sang appartenant aux deux dernières victimes et, bien sûr, ses propres empreintes.

Rarement, pour ne pas dire jamais, un tel faisceau de preuves a pu être réuni dans ce temps record contre un accusé. Ce dossier pourrait être le rêve de tout procureur, mais l'accusé, cette fois, est Brian Marshall.

Sherman et Lavich sont frustrés : bien que la défense ait accepté de plaider coupable, elle a demandé un examen psychiatrique qui devrait l'aider à sauver la tête de Marshall en s'appuyant sur la jurisprudence de l'affaire Mulligan restée la plus célèbre dans le pays.

Les avocats des criminels en série ont souvent tenté d'invoquer la folie pour que leurs clients échappent à l'emprisonnement à perpétuité ou à la peine de mort, mais peu y sont parvenus car jusque-là, et dans la plus grande majorité des cas, les assassins, même les plus abominables, ont été reconnus sains d'esprit, tout au moins ne souffrant pas d'une pathologie mentale répertoriée. Seuls ceux qu'on appelle les *spree killers,* qui massacrent sans distinction de temps ou de lieu les malheureux qui ont la malchance de se trouver sur leur chemin, peuvent parfois bénéficier de l'étiquette de malades mentaux.

Tous ont assisté, lors de la détention préventive de Marshall, d'abord incrédules, puis médusés, à la transformation de Brian en Harvey, et son retour à la première identité.

« Harvey » a avoué avoir commis les crimes, et Brian, quand il est venu sur le devant de la scène, ou « sous le projecteur » pour employer son expression, a confirmé.

— Vous affirmez, a insisté Stinkler, que vous avez tué Naomi Crowley, après l'avoir et violée et mutilée, tué Marylin Basheing après lui avoir fait subir des sévices, tué et violé Millicent Woolworth, et tenté de tuer Eva Haguerthy après l'avoir scalpée ? Nous sommes d'accord, monsieur Marshall ?

— Et aussi Vivien Back après l'avoir violée, a ajouté Brian qui à ce moment-là était Harvey. Et mon salaud de père.

— Vous pensez bien que tout cela va être vérifié, a martelé Stinkler qui, pour la première fois de sa vie peut-être, allait devoir défendre un sextuple assassin qui avait avoué ses crimes en même temps à la police et à ses défenseurs.

— J'peux même vous dire où vous trouverez les restes de Vivien, a ricané Harvey, et c'est p'tê't' ç'ui qui m'a fait le plus plaisir !

Il y a eu plusieurs séances de ce tonneau durant les trois semaines que Brian a passées à Lebanon avant l'audition d'aujourd'hui qui doit préparer l'audience préliminaire. Le juge décidera alors si, oui ou non, Brian Marshall doit rester en prison jusqu'à son procès, ou être transféré à l'hôpital psychiatrique d'Athens pour y être soigné.

Ces interrogatoires n'ont servi qu'à désorienter davantage ceux qui y ont assisté. Soit Brian Marshall est le plus grand comédien de tous les temps, soit effectivement il souffre de ce qu'on appelle une personnalité multiple, et pourrait, si les faits étaient avérés, être jugé irresponsable de ses actes.

La presse de tout le pays fait ses choux gras du cas Marshall, et chacun se range dans un camp.

Comme tous ceux qui ont été mêlés à l'affaire je suis constamment sollicité par les différents médias et ma mère est aux anges.

Spitzer est en passe de devenir « le » spécialiste des personnalités multiples, et Franklin a remisé ses revendications raciales pour apparaître souriant sur CNN et NBC.

Seul Brian, qui continue de « vivre » avec Harvey, semble échapper à la frénésie ambiante.

Suzan a dû être admise en clinique où elle est restée prostrée pendant cinq jours.

Pour fuir les journalistes et calmer son chagrin, elle est ensuite partie avec ses enfants à Chicago, et Julia l'a accompagnée.

Elle n'a pas encore digéré la manière dont je m'y suis pris pour lui annoncer l'arrestation de Brian. Elle ne veut pas comprendre que j'étais moi-même si secoué que je ne pouvais qu'être maladroit et imbécile. J'ai tenté sans succès de lui expliquer qu'il avait fallu que je me convainque moi-même avant de convaincre les autres.

Je lui ai expliqué que me retrouver face à Brian dans cet hôpital, craignant à la fois pour la vie d'Eva et la mienne, m'a rendu à moitié dingue. Mais je crois qu'elle était tellement choquée que ça lui était impossible de m'entendre.

Suzan a plus tard été entendue par Yaccov Lavich qui l'a interrogée sur sa vie de couple. Elle a dit que rien dans l'attitude de Brian ne lui avait permis de supposer ce qui se passait.

Il lui avait parlé récemment de l'existence de son prétendu frère, mais sans insister. Il lui avait dit qu'ils ne s'étaient jamais entendus et ne se fréquentaient déjà plus quand « Harvey » était encore au collège et lui à l'armée.

Suzan lui avait alors conseillé de le revoir et même de le lui présenter puisqu'il était à Boston, mais Brian était resté très évasif.

— Docteur Kolovich, commence le substitut Lavich qui ressemble à un rabbin, les papillotes en moins, quel serait d'après vous le genre de spécialiste qui devrait traiter un malade présentant le syndrome de personnalités multiples ?

Marion Kolovich est une grande femme d'allure masculine, très respectée dans le comté de Colombus où elle exerce, et où, à l'époque avocate stagiaire, elle a participé au procès que l'État de l'Ohio avait intenté contre Billy Stanley Mulligan.

Spitzer l'a fait venir à la demande du procureur qui doit accepter ou pas la requête de la défense de faire interner Brian dans une unité psychiatrique en attendant son procès.

— Un psychiatre, spécialiste des maladies mentales, qui répond précisément au critère suivant : il ou elle doit reconnaître l'existence effective de ce trouble de la personnalité, et y croire. Accepter aussi de se faire aider par des confrères plus expérimentés ou du moins les consulter régulièrement, répond le Dr Kolovich.

— Ce qui signifie, dit Lavich, que chez vous aussi les opinions sur ces cas de personnalités dissociées peuvent diverger ?

— Lors du procès de l'État de l'Ohio contre Billy Mulligan, le docteur Milkie, à l'époque témoin du parquet et psychiatre renommé, a déclaré avoir eu connaissance du diagnostic de personnalités multiples mais n'avoir détecté chez l'accusé aucun symptôme qui le vérifie. Pourtant le docteur Milkie avait assisté à plusieurs séances où l'accusé Mulligan passait de l'une à l'autre des vingt-quatre personnalités qui le composaient. Cependant le docteur Milkie n'avait pas été préparé par ses études et son expérience à ce genre de malades. C'est pourquoi, depuis, nous voulons des thérapeutes qui en admettent au moins l'hypothèse.

— Et quels seraient les traitements que ce psychiatre pourrait appliquer, et quelles autres qualités devrait-il posséder ? demande Terry Sherman, l'autre adjoint du procureur, qui, lui, ressemble à un chef mafieux.

— Très simple, monsieur, avoir une patience infinie, car le but du traitement est de faire fusionner les différentes personnalités du sujet. Il peut également avoir recours à l'hypnose pour détecter les possibilités de simulation.

» Le thérapeute devra soigner toutes les personnalités qu'il découvrira chez le sujet, en repérer les qualités positives identifiables pour établir une sorte de compromis entre elles, en particulier celles qui présentent un danger pour l'individu et son entourage. Il est également nécessaire que le patient soit rendu pleinement conscient de la nature et de l'étendue de ses difficultés. La thérapie doit l'inciter à participer à son traitement. En d'autres termes, le patient doit prendre conscience du processus thérapeutique, et non pas en être l'objet passif.

Toutes les têtes, à cet instant, se tournent vers Brian, assis à une table, qui, avec les chaises inconfortables où nous sommes installés, constitue le seul ameublement de cette pièce réservée aux visites pour les détenus dangereux.

Une fenêtre grillagée donne un semblant de lumière, en vis-à-vis d'une porte dont le haut est en verre armé de façon à pouvoir surveiller du couloir. Les murs sont verdâtres, et un lino usé et sans couleur couvre le sol.

Brian n'a pas ouvert la bouche depuis que la séance a commencé. Il suit les échanges avec un intérêt distant, comme si tout ça ne le concernait pas. J'ai observé que Spitzer guette le moindre changement de personnalité chez lui, mais jusque-là Brian est resté Brian. Sherman lui dit :

— Avez-vous compris ce que la défense demande ?

— Je crois, répond Brian d'un ton affable. Maître Stincker désirerait que je sois mis en observation au centre de santé mentale d'Athens, c'est bien cela, monsieur ?

— Exactement. Et nous devons déterminer aujourd'hui si votre cas nécessite ce genre de soins dans ce type d'établissement, ou si nous vous renvoyons en prison jusqu'à votre procès, coupe Lavich.

Brian hausse les épaules dans un geste d'ignorance. Depuis que je le connais, je ne l'ai jamais vu si détendu.

— Je pense que, pour mon frère, des soins sont nécessaires, dit-il.

— Si on me demandait mon avis, dit tout à coup Franklin, moi je vous collerais dans la pire cellule de Lebanon, dont vous ne sortiriez que le jour de votre procès.

Brian baisse la tête comme un gosse puni.

— Je vous comprends. Ce qu'a fait Harvey est épouvantable, et l'avoir couvert si longtemps ne l'est pas moins, murmure-t-il en relevant la tête vers Franklin. Mais c'est mon frère, capitaine, et il le sera toujours.

Personne ne bronche. Pendant les deux heures qui suivent, Spitzer et Kolovich tentent de déterminer l'importance du syndrome chez Brian, et nous assistons à trois changements brutaux de personnalité.

« Harvey » arrive quand Brian est en difficulté, ou quand l'un ou l'autre d'entre nous fait preuve d'agressivité à son égard.

La métamorphose est radicale. La voix grasseye, le ton devient rauque et vulgaire, le visage s'affaisse, le corps se ramasse, même les mains paraissent changer de forme. Selon les cas, les yeux de Brian s'ouvrent brusquement sur un regard totalement différent, ou papillotent avant de devenir fixes.

À une heure, Brian est ramené dans sa cellule et je vais déjeuner avec Kolovich et Spitzer.

On s'installe près d'une fenêtre dans un restaurant sinistre qui jouxte la prison. Les clients ont tous des gueules de voyou, ce doit être le mimétisme.

Pendant qu'on commande le plat du jour qui consiste en un poulet grillé avec des petits pois, je questionne Marion Kolovich.

— Le syndrome de personnalités multiples est-il si rare ?

— Oui.

— Mais n'avons-nous pas tous différentes personnalités en nous ? insisté-je en avalant de force des petits pois aussi tendres que des balles de ping-pong.

— C'est l'amnésie qui fait la différence.

— Comment être sûr de l'amnésie ? On peut la simuler ?

— Nous sommes très méfiants. Nous répétons plusieurs fois nos investigations ; c'est pour ça qu'il est essentiel que Brian Marshall soit interné à Athens où une équipe pourra le prendre en charge. Notre approche est toujours sceptique.

— Je le suis depuis son arrestation, intervient Spitzer qui se bat avec une cuisse de poulet qui fait de la résistance, Marshall ne ment pas.

— Avez-vous consulté les archives d'autres cas ou de comptes rendus cliniques pour former votre diagnostic ?

— Certes, j'ai consulté tous les documents disponibles. J'ai fait passer les tests d'intelligence Stanford-Binet à lui et à son frère. Très parlant. Harvey a un QI faible, aux alentours de 75, et Brian avoisine les 100.

— Il est possible que ces différences de QI soient l'œuvre d'un habile mystificateur.

— Certainement pas ! s'emporte soudain Spitzer. Il ne fait aucun doute, pour moi, que ces différences ne peuvent être simulées. Marshall souffre d'un désordre de la personnalité type schizoïde présentant une certaine tendance à la dépersonnalisation.

— Et s'il souffre d'autres troubles mentaux ?

— Le syndrome de personnalités multiples doit être traité en priorité, répond le docteur Kolovich. Il n'est pas impossible que Brian et Harvey présentent d'autres problèmes. Chaque personnalité peut développer différentes maladies. Mais l'affection principale doit être soignée d'abord.

— Vous pensez qu'il recevra un traitement correct à Athens ?

— C'est sa seule chance, affirme Spitzer.

On se quitte vers deux heures et je saute dans un taxi pour rentrer au commissariat. Je mets plus de trois quarts d'heure pour y arriver malgré une circulation étonnamment fluide compte tenu du temps de chien qu'il fait, mais Lebanon est éloigné du centre. Pendant le trajet, je tente de me faire une opinion sur Brian Marshall et son incroyable névrose.

Un tas de psychiatres sont venus l'examiner pendant sa détention, et l'un d'eux, aussi éminent que Spitzer ou Kolovich, a déclaré que Marshall souffrait d'un trouble de la personnalité, était asocial, et présentait une anxiété psychonévrotique avec tendance à la dissociation et à la dépression.

Un de ses confrères, visiblement remonté contre l'accusé ou faisant partie du corps des sceptiques, a déclaré que le comportement de Marshall était inadapté à son environnement et que c'était la raison pour laquelle il avait violé et tué dans des circonstances particulièrement atroces. Il était par conséquent accessible à une sanction pénale.

Dans les jours qui suivent, le procureur, suite aux rapports de ses substituts, consent à demander au juge Flower, qui va présider l'audition préliminaire, à ce que Brian soit transféré de la prison de Lebanon au centre de soins administratif d'Athens pour y suivre un traitement psychiatrique. Brian est conduit à Athens.

C'est aussitôt un tollé dans la presse qui y voit une marque de laxisme de la part des autorités judiciaires, et des mouvements de soutien aux victimes se créent.

C'est vrai que jamais un détenu n'a bénéficié d'autant d'examens et de soins et suscité autant de commentaires contradictoires en si peu de temps.

Le procès d'OJ Simpson est enfoncé, de même que les galipettes de Clinton avec Monica. On paraît avoir oublié l'exécution d'Odell Barnes qui avait tellement secoué l'opinion publique. Celle-ci exige la peine de mort.

Avec cette pression relayée par les médias, je souhaite bien du plaisir aux douze jurés qui devront rendre un verdict, et au juge qui devra mener les débats entre ces éminents experts, qui, comme tous les experts, sont aussi aptes à se tromper que vous et moi, mais sont accrochés à leur vérité comme Moïse à son Ancien Testament.

À la mi-décembre, la mayonnaise retombe un peu. L'opinion versatile est tellement bombardée d'informations qu'une affaire chasse l'autre, d'autant que nous sommes en pleines fêtes de fin d'année et que les gens ont envie de penser à autre chose.

Avec Jimmy on termine les rapports sur l'enquête et on peut s'occuper d'autres affaires beaucoup moins passionnantes.

Mary Lasner est revenue et ses collègues lui ont affirmé que la légère boiterie dont elle souffre ajoutait encore à son charme, puisqu'il est bien connu que les boiteuses... et quelques dossiers ont volé à travers la pièce.

Franklin a grincé des dents quand le maire, au cours d'une conférence de presse, nous a félicités pour l'arrestation de Brian Marshall.

— Vous avez fait du bon travail, lieutenant Goodman, a-t-il déclaré. La police ne peut que s'enorgueillir de vous compter dans ses effectifs.

Ma mère, au premier rang, a tellement applaudi que le maire l'a remarquée, s'est enquis de son identité, et l'a fait grimper près de lui, rose d'émotion.

Je ne vous raconte pas ma tête.

Je n'ai pas revu Brian depuis son internement à Athens, mais j'ai suivi l'évolution de son traitement.

Le Dr Boxerbaum, qui l'a en charge, a déclaré avoir réussi plusieurs jours durant à faire fusionner les deux personnalités de son patient, et avoir bon espoir d'y parvenir définitivement.

Pour le jour de l'an, je pars avec Julia rejoindre Suzan à Chicago. Ses parents sont tellement contents que leur fille s'en soit sortie indemne qu'ils ont organisé une fête somptueuse où j'occupe la place d'honneur.

Julia est ravissante et amoureuse, et semble avoir oublié ses préventions contre moi.

Nous arrivons le 31 au soir à l'aéroport de Midway et, comme nous avons refusé d'habiter dans la demeure familiale malgré les prières pressantes de ses parents qui voient en moi le sauveur de leur fille, Suzan nous a réservé une chambre somptueuse au Marriot.

Les parents de Suzan tiennent une importante galerie d'art et connaissent tout ce que la capitale de l'Illinois compte d'artistes renommés.

Nous restons jusqu'au 5 janvier, et j'admets que, le froid en moins, Chicago est une ville fascinante. C'est certainement la plus européenne des grandes cités américaines.

Après le fameux incendie du siècle dernier causé par la queue de la vache de Mme Leary et qui la détruisit à moitié, la ville a été reconstruite avec un talent architectural remarquable.

Le grand lac Michigan, sur lequel, avec beaucoup d'inconscience, je me risque à patiner le temps de me retrouver un coup sur le ventre et un coup sur les fesses, lui offre un écrin de lumière et de verdure qui l'embellit encore.

Et c'est le cœur infiniment plus léger, et, en ce qui me concerne, très amoureux, que Julia et moi regagnons nos pénates.

En février, Jimmy retourne à Detroit le temps d'un stage au laboratoire de police scientifique, et Mary Lasner me donne un coup de main pour démanteler un réseau de prostitution pédophile qui, une fois encore, met la ville en émoi car plusieurs éducateurs municipaux sont concernés.

La mairie tremble sur ses bases, et Franklin, qui a été placé à son poste par le maire soucieux de s'attirer les sympathies de la population noire, craint pour son emploi.

Mais le maire est un fin renard. Il fait acte de contrition publique à la télévision et, émue, la population lui pardonne.

Le procès de Brian Marshall commence cinq mois après le début de son traitement, et après qu'une collaboratrice de Marion Kolovich, Dorothy Tanner, expert en maladies mentales dissociatives, a déclaré qu'à son avis Brian Marshall pouvait participer à sa défense avec son avocat, mais que néanmoins son état mental restait extrêmement précaire et qu'on ne pouvait exclure la possibilité d'une désintégration soudaine de sa personnalité.

Quand Brian arrive dans la salle d'audience, c'est un véritable feu d'artifice de flashes qui l'accueille, pendant que les gens se lèvent pour l'apercevoir comme on le ferait pour une star.

Stinkler et un de ses adjoints l'encadrent solidement, tandis que Judy Garson porte les dossiers.

Le juge a du mal à faire revenir le calme à coups de maillet, et ce sont ses menaces de faire évacuer la salle qui calment l'excitation.

Brian a cette apparence de bon aloi que je lui ai toujours connue. Habillé sobrement, visage détendu, il répond poliment aussi bien aux gardes qu'aux journalistes, embrasse sa femme qui ne peut retenir un mouvement de recul, et s'assoit entre ses avocats avec beaucoup d'aisance.

Je me demande ce qui se passera si jamais « Harvey » apparaît.

Les pronostics vont bon train sur l'issue du procès, et les paris gonflent au fur et à mesure que les jours avancent. Une foule énorme stationne en permanence devant le tribunal et commente bruyamment les débats.

Je suis cité comme témoin deux jours de suite. La première fois par la partie civile en tant que policier chargé de l'enquête et ayant procédé à l'arrestation, et la seconde par la défense comme ami de l'accusé.

Ce statut particulier met le juge Flower dans l'embarras. Chaque partie cherche à récuser l'autre. On arrive tout de même à un accord, mais en tant que relation proche de Brian je suis dispensé de prêter serment.

Pendant toute l'audition j'évite de croiser son regard et surtout celui de Suzan assise dans la salle à quelques bancs.

Chaque jour on assiste à une bataille d'experts cités tour à tour par chacune des parties, et ce qu'il y a de curieux, c'est que plus le temps passe, moins on peut se faire une idée exacte de l'état psychique de Brian Marshall.

Quelques jours avant la fin du procès, et alors que le procureur David Belinski avance que l'État n'a pas à se prononcer sur le diagnostic et qu'il doit seulement décider si Marshall souffre de troubles mentaux assez graves pour justifier ou non son internement dans un centre psychiatrique, la défense dégotte un certain Dr Masterton qui déclare que les résultats des tests obtenus par le Minnesota Multiphasyc Personnalities Inventory n'ont pas permis de ranger l'accusé dans la catégorie des schizophrènes ou des sujets à troubles mentaux organiques, mais bien dans celui d'une personnalité à type schizoïde présentant une certaine tendance à la dépersonnalisation, exprimée par une psychose réactive.

Les neuf dixièmes des journalistes et de ceux qui assistent au procès ne comprennent presque rien au charabia des psys, mais, pour avoir l'air, se lancent dans de grandes explications de comptoir où il apparaît tour à tour que Brian Marshall est victime d'une société qui ne protège pas suffisamment ses enfants ou, au contraire, est un des pires criminels que notre pays ait connus.

Et durant tout le temps que dure le procès, pas une fois Brian ne change de personnalité.

Stinkler a refusé de le citer comme témoin, et je me demande s'il a eu raison. Si Brian était devenu « Harvey », nul doute qu'il aurait apporté de l'eau au moulin de ceux qui le considèrent comme un malade mental, mais Stinkler a dû craindre que cette « prestation » ne se retourne contre son client, dans lequel ceux de la partie adverse auraient pu reconnaître un simulateur.

En avril, le procès est renvoyé à quinzaine sur une requête de la défense qui conteste un point de droit, et je profite de congés en retard pour partir avec Julia une douzaine de jours en Europe.

On va d'abord à Rome où l'on se promène amoureusement au bord du Tibre, dans les jardins de Tivoli, ou dans les ruelles du Trastavere, enchantés de découvrir ensemble cette ville admirable où les pierres ont fait l'Histoire, et où les fontaines jaillissent comme des sources à chaque coin de rue.

Julia me présente une amie romaine qui nous fait connaître sa ville comme peu de touristes ont la chance de le faire.

Je tombe amoureux de Rome, et déclare comprendre tous ces Américains qui, avant ou après la guerre, sont venus s'installer ici.

Il existe une lumière, une richesse, qui m'obligent à constater combien les villes de mon pays peuvent être parfois sèches et brutales.

Raffaela, l'amie de Julia, habite un appartement en terrasse d'où nous dominons la ville qui s'étale devant nous jusqu'au Tibre dans le camaïeu des toits en tuiles qui vont du rose au brun sombre. Des terrasses suspendues, arborées, jaillissent un peu partout entre les toits, donnant l'impression d'une forêt en plein ciel.

Je leur confie qu'il me faudrait peu d'arguments pour me convaincre de venir vivre ici. Julia se récrie parce que son agence de casting commence à prendre une certaine importance.

— Nous pouvons venir tous les ans, dit-elle, et même plusieurs fois par an. Nous pouvons louer un appartement à l'année. Tu laisses tomber ton boulot de flic et tu entres comme conseiller juridique dans mon affaire et garde du corps personnel.

Raffaela nous fait visiter un appartement voisin du sien occupé par des amis qui y séjournent très peu à cause de leurs activités professionnelles.

— Je suis sûre qu'ils vous le loueraient volontiers, dit-elle.

Raffaela travaille à la télévision italienne comme journaliste. Julia l'a connue lors d'un reportage qu'elle a fait à Boston. C'est une belle brune pleine de vie et d'humour.

Nous avions prévu de partir ensuite pour Madrid, et je quitte la Ville éternelle à regret. La capitale espagnole me plaît moins à cause de sa gravité austère, mais je tombe en arrêt devant les richesses du Prado.

Je me rends compte que, jusque-là, j'ai passé mon

temps à me contenter d'une vie d'action qui m'a laissé peu de loisir pour ces instants précieux où l'œil, l'esprit et le cœur se régalent de ces rencontres qui font découvrir en compagnie de la femme aimée un monde différent, et sont l'essence de la vie.

Nous revenons chargés de rêves et de souvenirs, et je présente Julia à ma mère. L'entrevue est un peu coincée, mais ça finit par s'arranger.

Je retourne la voir le lendemain et je lui dis que Julia et moi avons décidé de vivre ensemble.

Dire qu'elle saute de joie au plafond serait exagéré, et bien sûr elle me fait remarquer que Julia et moi ne partageons pas les mêmes origines.

— Mon fils, une union présente beaucoup de difficultés, surtout de nos jours, il n'est peut-être pas habile d'en ajouter d'autres.

— Comme quoi ?

— Tu le sais parfaitement. Julia est cubaine, de religion catholique. Elle a dit elle-même que sa mère se rend à l'église tous les dimanches, et un de ses oncles est prêtre.

— Et alors ? Je n'épouse pas sa mère, et Julia n'est pas croyante. Moi non plus. Je suis né ici et Julia est venue à Boston à l'âge de trois ans. Elle est aussi américaine que moi et son oncle habite Miami. J'ai peu de chances de me laisser convaincre de me faire baptiser.

On s'est fait la tête pendant une petite quinzaine, mais un abcès anal de Spartacus nous a rapprochés quand il a fallu que j'accompagne ma mère, aux quatre cents coups, chez le vétérinaire.

Julia a donné congé de son appartement aujourd'hui. Elle emménage chez moi dans deux semaines, dès qu'elle aura bouclé la production du film d'un réalisateur indépendant, car à présent, en plus du casting, elle se lance dans la production pour son compte.

Suzan a décidé de refaire sa vie à Chicago, près de ses parents. Elle veut repartir sur un nouveau pied avec ses enfants et oublier ce cauchemar.

L'avocat qui est chargé de son divorce lui a promis, compte tenu des circonstances, de l'obtenir dans un temps record.

Aujourd'hui j'ai rendez-vous avec un peintre qui doit repeindre entièrement ma maison. On a choisi les couleurs ensemble avec Julia, ce qui a donné lieu à quelques accrochages. Il faut apprendre à se connaître. Elle va liquider un certain nombre de ses meubles qui feraient doublon avec les miens.

Ça me fait un drôle d'effet de penser que je vais perdre ma liberté de célibataire, et peut-être surtout mes manies. Mais j'aime Julia, et je sais que la vie avec elle sera épatante.

— ALORS, en fin de compte il a été reconnu dingue et n'ira pas en prison, dit Archie. C'est ce que tu pensais ?

— Je ne pensais pas grand-chose, je soupire, mais s'il est vraiment aussi cinglé que les toubibs le disent c'est sûr qu'on ne pouvait pas le condamner. La défense s'est habilement *servie* de la jurisprudence. Tu me diras que ça leur fait une belle jambe aux victimes d'avoir été massacrées par un irresponsable au lieu d'un tueur.

— Oh, c'est plus pour les victimes que ça compte, dit Archie en me versant un plein verre d'une vodka Sliwowitz qu'il achète directement au chargé d'affaires russe, et qui est, paraît-il, celle avec laquelle se saoule Eltsine. C'est aux familles que je pense. Le besoin de vengeance, quoi qu'en disent les bonnes âmes, est inscrit au cœur des humains, et dans ce cas les familles sont frustrées. Le deuil a d'autant plus de mal à se faire qu'il leur semble que la justice a failli. Tu y crois, toi, à cette double personnalité ?

— Je l'ai vu plusieurs fois se transformer sous mes yeux d'une manière inimaginable. Mais un vrai charlatan peut tromper des commissions entières d'experts. À vrai dire, je n'en sais rien.

— Tout'façon, c'est plus ton problème ! déclare Archie en lampant d'une seule gorgée son verre de vodka, profitant que Rose prépare des sandwichs en cuisine. Toi, tu te ranges !

— Ranger ? Où, dans un placard ?

— Tu te ranges ! C'est comme ça qu'on dit lorsqu'un vieux garçon comme toi prend femme. Qu'est-ce qu'en pensent tes copines Sandra et Nina ?

— Elles sont ravies. Sandra m'a dit qu'à cause du sida elles se faisaient beaucoup de mouron pour moi. Comme si j'étais cavaleur !

— Pas cavaleur, mais intéressé. Elles ont raison. Je me demande ce que j'aurais fait si j'avais eu ton âge maintenant ? Bon sang, de mon temps, le pire c'était la chaude-pisse !

— Et la syphilis.

— Ouais, mais à présent t'as les MST, la syphilis, le sida, l'hépatite !

— Toi t'avais les Boches, Archie, et là, y avait pas de remède !

— Ce que tu peux être rabat-joie, mon garçon ! Faudra que je le dise à ta mère. Qu'est-ce qu'elle en pense de ta prochaine union ?

— Elle a décidé de faire retraite dans un ashram avec Spartacus.

LE Dr Boxerbaum est sympathique dans une certaine mesure. Dans la mesure où il reconnaît l'existence de Harvey. Quoique trop souvent j'aie l'impression que je l'intéresse davantage que mon frère.

Avec lui, travaillent Donna West qui est infirmière psychiatrique, et Polly Newton qui, elle, est psychologue. Harvey a un faible pour Donna West que je trouve trop boulotte à mon goût. Mais nous n'avons jamais eu les mêmes intérêts, mon frère et moi.

« Qu'est-ce tu crois, frérot, qu'ils vont nous faire ? » me demande souvent Harvey après que nous avons regagné la chambre où nous vivons.

Athens est nettement mieux que la prison de Lebanon, où, le peu de temps que nous y sommes restés, j'ai pu constater combien la racaille qui y réside mérite largement son sort. Ce sont des porcs pour la plupart. Des brutes pour qui le mot respect est inconnu.

Ils se font subir des outrages parmi les plus odieux. À se demander ce qu'ils étaient dans la vie à l'extérieur. La société ne se protège pas assez, à mon sens. Par exemple, je suis tout à fait d'accord que mon frère soit enfermé pour être soigné. Quoique, parfois, je doute que le docteur Boxerbaum arrive à un résultat.

Je ne peux hélas que reconnaître que Harvey est très atteint, et sa détention l'a rendu encore plus agressif et en révolte contre la société. J'essaye de lui faire comprendre la chance qu'il a d'avoir échappé à la réclusion au milieu de ces criminels de Lebanon, et encore plus, la chance qu'il a d'être avec moi, qui ai sacrifié ma vie pour lui.

Souvent je pense à Suzan et aux enfants. Notre divorce va être rapidement prononcé et j'ai peu de chances de les revoir, tout au moins tant que je suis là.

Sam n'est jamais venu, et ça m'a vivement contrarié. Je sais qu'il vit à présent avec Julia que je soupçonne d'avoir remonté Suzan contre moi. Elle ne m'a jamais aimé, ni même apprécié. Je me demande si ce n'est pas elle qui a suggéré à Sam que ce pourrait être Harvey le coupable. Si ça se trouve, Sam n'aurait jamais deviné. Il avait de l'estime pour moi.

Même s'il avait été obligé un jour ou l'autre d'arrêter Harvey, je suis certain qu'il ne m'aurait pas rendu responsable de mon frère comme l'ont fait ces jurés et ce juge qui n'ont rien compris.

Quand Sam a été interrogé sur les relations amicales que nous avions, son témoignage a été plein d'émotion et de retenue. Visiblement, il refusait de m'enfoncer comme le lui demandait le procureur. Même Harvey a dû en convenir.

— Si tu peux pas voir ta famille, grogne Harvey, couché sur son lit, c'est à cause de cette pétasse de Julia !

— Qu'est-ce qui te fait dire ça ?

— Elle a jamais pu t'encaisser, frérot, tu le sais, bon Dieu ! C'est même toi qui m'l'as dit ! C'est une frangine qu'aime bien s'mêler des affaires des autres, et d'après elle Suzan aurait jamais dû t'épouser. T'as déjà oublié ou quoi ?

— C'est en partie vrai, mais seulement en partie. On a passé de bons moments ensemble. Je ne pense pas qu'elle ait monté Suzan contre nous.

— Tu parles !

J'aurais préféré que nous ayons chacun notre chambre.

Harvey est rien moins que raffiné. Je ne sais pas de qui il tient car mon père était un homme bien élevé.

Quand après une séance il est en colère contre nos thérapeutes et que je tente de les défendre, il se force à péter et à roter, et je suis dégoûté. J'ignore comment il arrive à faire faire ce qu'il veut à son corps, en tout cas ça le fait se tordre de rire, et si je proteste il me traite de chochotte.

— On voit qu't'as pas fait l'armée !

Quel abruti. J'ai fait l'armée, j'en suis même sorti sergent, alors que lui ne s'est même pas présenté. Parfois je le hais si fort que je pourrais le tuer.

Mais ça passe. C'est mon frère, après tout.

Aujourd'hui, on a eu une séance particulièrement pénible parce que Newton, la psychologue, voulait absolument me faire admettre que je ne devais plus m'occuper de mon frère et vivre pour moi.

— C'est votre seule chance de vous en sortir, m'a-t-elle soutenu.

— Et lui ? ai-je rétorqué, agacé.

— Il disparaîtra quand vous le déciderez.

— Mais je ne veux pas qu'il disparaisse ! Je n'ai pas accepté d'être emprisonné ici pour le laisser tomber !

— Brian, votre frère n'existe que dans votre tête, parfois vous l'admettez, et c'est à ce moment-là que vous êtes près d'être guéri.

— Et si je guéris, que fera-t-on de moi ? Ne croyez-vous pas, chère mademoiselle Newton, que dans ce cas on me renverra en prison au milieu des criminels ?

Bien sûr, elle est coincée, car c'est la vérité. Ce qui est incroyable c'est que c'est à cause de Harvey que je suis là, et que c'est grâce à lui à présent si je ne me retrouve pas en enfer.

Athens est un très bon établissement, tous le disent. Les journées sont chères et je sais que le tribunal a voté un budget pour nous.

Il semblerait que notre cas les intéresse et qu'ils voudraient nous guérir. Mais guérir de quoi ? Je ne suis pas malade, il n'y a que Harvey qui a besoin d'être soigné. Pourquoi dépensent-ils tant d'argent pour moi ? C'est absurde. Je l'ai déjà dit au Dr Boxerbaum qui a éludé la réflexion.

Le Dr Spitzer, qui le premier a reconnu l'existence de Harvey, participe souvent aux séances, ainsi qu'une femme, le Dr Kolovich, qui a soigné d'autres cas semblables, m'a-t-elle dit.

Elle et Boxer, comme je l'appelle, donnent des conférences à notre sujet. On est venu prendre des photos de nous et on a enregistré les séances d'analyse.

Harvey, bien sûr, a fait l'imbécile en grimaçant pendant les séances de photos. Les photographes étaient deux, un type et une fille. La fille était mignonne et Harvey n'a pas arrêté de lui lancer des remarques choquantes sur son physique qu'il semblait trouver à son goût. C'est vrai qu'elle était blonde et que cet idiot n'a jamais pu résister à une blonde. C'est même pour ça qu'on est ici.

Moi, blonde ou brune, ça m'est égal. Vivien était blonde, une ravissante blonde. Mais après elle j'ai connu des femmes qui avaient des couleurs de cheveux différentes et ça me plaisait autant. C'est pas la teinte des cheveux qui est importante, c'est la tête qui est en dessous.

Harvey, aujourd'hui, est très énervé après Julia. Il m'inquiète quand il a ce genre d'idées fixes. Ça commence toujours comme ça, les drames, avec lui.

Je lui ai demandé de dégager de sous le projecteur et d'aller dormir. Il m'a carrément envoyé promener. C'est rare. Il doit être vraiment très en colère. Il va falloir que je le surveille. Je ne peux en parler à personne car il serait immédiatement puni.

C'est dur de ne pas pouvoir se confier. Si Sam venait, je lui en parlerais, parce que j'ai confiance en lui. Mais Sam n'est jamais venu. C'est très dur d'être déçu par un ami. Très dur.

TOUT à coup, à la mi-mai, le printemps débarque en force, et les Bostoniens, moi en tête, on se prend un grand coup de soulagement.

Depuis l'affaire Marshall, Franklin a rabattu son caquet. Il la joue profil bas, car le maire, qui était en quelque sorte son protecteur, a déclaré ne pas vouloir se représenter, et son adjoint, qui est candidat et hispanique, va certainement privilégier les siens.

Ce qui a fait l'objet d'une discussion serrée entre Julia et moi car elle a dit qu'elle voterait Rodriguez, bien qu'elle sache, comme tout un chacun, que c'est une crapule de la plus belle eau, et qu'il a du mal à se sortir d'une accusation de prévarication de fonds publics et trafic d'influence.

— C'est un malhonnête ! dis-je à bout d'arguments.

— C'est un bon catholique, son directeur de conscience le remettra sur le droit chemin. Tout le monde a droit à l'erreur !

J'ai vu dans cette dernière tirade la limite que permet une union mixte mais, pour ne pas donner raison à ma mère, j'ai laissé tomber.

Fin mai, Julia se chope une mauvaise grippe, et nous

décidons de rendre visite à Sandra et Nina qui brûlent de connaître la femme de ma vie.

Elles ont rajouté un bout d'aile à leur maison et nous nous installons dans leur nouvelle chambre d'amis qu'elles ont conçue à notre intention, paraît-il.

Toujours est-il que, durant les quelques jours que nous passons ensemble, j'ai l'impression de ne pas exister, tellement mes copines et Julia donnent l'impression de se connaître depuis l'âge du biberon.

Entre Nina l'Argentine, et Julia la Cubaine, c'est l'entente plus que cordiale, et parfois Sandra et moi on se sent des émigrés. Ce que nous serons de toute façon dans quelques années en Californie.

Les différentes cultures se mettent toutefois d'accord pour partir ensemble au mois de juillet visiter le Grand Canyon, et Sandra retient immédiatement un hélicoptère pour la période.

— On fera aussi du canyonning, décide-t-elle, et de la varappe, et pourquoi pas du parachute…

— Hé, c'est dangereux ! je proteste.

— Et alors ?

Je regarde Nina qui soupire en levant les yeux au ciel.

— Elle n'a pas eu son compte de cinglés cette année, elle est en manque, dit-elle. Vous auriez dû lui faire cadeau du vôtre, Sam, c'était un bon, apparemment.

Je grimace un sourire sans répondre. Avec Julia, c'est un sujet que nous évitons soigneusement. Il est toujours très douloureux pour elle. C'est une chose de savoir que le crime existe, et une autre de le rencontrer si près de soi.

On quitte nos amies à regret, et Nina et Julia se promettent de se faire un voyage en filles dans leurs pays respectifs. Ces quelques jours de vacances nous ont fait du bien, et nous reprenons le collier, Julia et moi, avec satisfaction.

Franklin reçoit sa mutation une semaine après les élections municipales, et c'est un.... Irlandais qui le remplace.

Il fait un pot pour son départ et se fend d'un discours, moitié amical, moitié politique, d'où il ressort que l'on ne peut compter que sur les siens.

Jimmy et les deux autres Blacks du poste font semblant de ne pas comprendre, et William O'Malley, le nouveau capitaine, enchaîne sur les vertus de la verte Erin et les qualités exceptionnelles de ses ressortissants.

Ses trois compatriotes que compte le 9e Precinct approuvent bruyamment.

Mais O'Malley est un brave bougre et, comme j'ai gagné deux échelons grâce à l'affaire Marshall, nous sommes au même niveau de commandement, lui en administratif, moi sur le terrain.

Et le 3 juin, à dix heures, le commissariat dont dépend le centre administratif d'Athens me téléphone. Brian Marshall s'est échappé ce matin après s'être introduit dans la chambre de Donna West, dans le pavillon du personnel, et l'avoir égorgée et scalpée.

J'IGNORE pourquoi il a fait ça. De toute façon c'est trop tard. Par chance, nous avons pu, en quittant Athens, nous faire ramener par un routier jusqu'à Winthrop Beach où nous avons trouvé une chambre dans un motel. Donna West gardait chez elle sept cent trente dollars et quelques cents qui vont nous permettre de nous retourner.

C'est Harvey qui a exigé de revenir à Boston, moi j'étais contre. Je voulais gagner la frontière canadienne, et là nous perdre dans le Grand Nord. J'ai toujours été attiré par les espaces froids et déserts. Mais Harvey a voulu revenir pour Julia. Pour l'instant il dort, et je retrouve sur son visage l'expression qu'il avait étant enfant. Il n'aurait pas dû tuer Donna West.

— Vous avez l'adjoint du maire au téléphone, me dit O'Malley.

— Merci, dis-je en décrochant. Allô ? Lieutenant Goodman…

— Lieutenant, je m'appelle José Garcia et je suis l'assistant de M. le maire Rodriguez pour les questions criminelles, mais nous nous sommes déjà vus…

— Je me souviens, monsieur Garcia…

— M. le maire m'a demandé de vous appeler parce qu'il s'inquiète de ce que pourraient provoquer dans la population la nouvelle de l'évasion et le nouveau meurtre commis par Brian Marshall. C'est vous, n'est-ce pas, qui vous êtes occupé de l'affaire ?

— Avec mes collaborateurs, oui…

— Lors du procès, vous aviez en quelque sorte été cité comme témoin de moralité…

— Pas exactement. On m'a demandé mon opinion sur l'accusé que j'avais connu comme étant l'époux de la meilleure amie de ma compagne, et j'ai dit ce que j'en pensais.

— Et qu'il était selon vous à l'époque parfaitement normal…

Où ce crétin veut-il en venir ? L'ineffable Rodriguez

voudrait-il faire porter le chapeau à un officier de police nommé par un autre que lui ?

— Quand vous passez un moment à table avec quelqu'un qui ne manifeste rien d'autre qu'un goût, peut-être immodéré, pour la cuisine indienne, on ne peut pas en déduire nécessairement que cet homme est un psychopathe. Le grand talent de ces criminels est justement de savoir dissimuler leur véritable nature, sinon ils ne trouveraient jamais de victimes qui les suivraient, monsieur Garcia…

— J'entends bien, lieutenant, et nous ne vous reprochons rien. Cependant M. le maire est très désireux que ce Marshall soit repris le plus rapidement possible. Il s'est solennellement engagé auprès de ses administrés à faire de Boston une ville où la peur resterait à la porte.

— Je sais, monsieur, je l'ai entendu à la télévision. Qu'est-ce que je peux faire pour vous ?

— Oh, le rattraper très vite et cette fois le mettre hors d'état de nuire.

— C'est ce à quoi nous nous employons…

— … Et peut-être éviter à l'État du Massachusetts les frais d'un second procès qui ne pourrait qu'indisposer la population…

— Je ne comprends pas…

— Mais si, lieutenant, mais si. Nous savons vous et moi, ainsi que l'ensemble de la population, que Marshall est sain d'esprit et qu'il a simulé la folie pour échapper au châtiment. Nous ne voulons pas que ça se reproduise.

— Ce n'est pas moi qui ai décidé, monsieur, ce sont les experts psychiatres.

— Et quand bien même auraient-ils raison, croyez-vous que nous devons prendre le risque de nouveaux meurtres ? Que faites-vous quand vous avez devant vous un animal enragé ?

— Nous le capturons, monsieur, et s'il se révèle qu'il a vraiment la rage, nous le faisons abattre par les services concernés.

— Considérez, lieutenant, qu'il est prouvé que Brian Marshall a la rage. Bonne chasse, lieutenant.

Et ce connard raccroche.

— Qu'est-ce qui se passe ? me demande O'Malley qui suçote un bout de réglisse, renversé dans son fauteuil.

— Ce qui se passe, je soupire en m'affalant sur la chaise placée devant son bureau, c'est que la mairie nous demande ni plus ni moins d'abattre à vue Brian Marshall quand nous aurons le bonheur de le retrouver.

O'Malley cligne de l'œil. Il a cessé de fumer depuis un mois mais a gardé les tics. Il soupire à son tour et soulève du fauteuil sa carcasse de pilier de rugby.

— Tout'façon, Sam, il faut lui mettre la main d'ssus à c't'empaffé ! et peu importe comment on y arrivera. Qu'on me le livre, froid ou chaud, je m'en fous !

— Bill, j'ai pas l'habitude de demander à mes hommes d'abattre ceux qu'ils doivent arrêter, sauf en cas de légitime défense. Maire ou pas, on a pour mission de livrer les criminels à la justice, pas de les lyncher.

— Sam, Sam...tout à fait d'accord ! Mais de toi à moi ça me ferait vraiment chier que c't'enculé s'en tire encore une fois ! Et avec c'qu'il a fait, c'est le risque. Pas un mec sain d'esprit aurait fait à cette pauvre Donna West ce qu'il a fait ! Elle a toujours été chouette avec lui, on le sait.

— OK, Bill, ça prouve justement qu'il est cinglé. Alors ?

— Alors ? Rien, tu fais comme tu sens !

Je retourne à mon bureau au milieu des autres, en face de Jimmy.

J'ai refusé, lors de ma promotion, de m'enfermer dans une cage comme O'Malley, qui lui n'a pas eu le choix. Le bureau de Franklin était vacant.

— Qu'est-ce qui se passe ? interroge Jimmy qui voit ma tête.

Je lui raconte et il hoche la sienne.

— En général je suis pas pour non plus, mais là y a p't'êt' urgence.

— Bon Dieu, Jimmy, ce type est dingue ! Faut le boucler en tôle et jeter la clé, mais pas l'abattre !

— J'sais pas, ça dépend des circonstances, dit-il en se levant. Mais je préviens tout de suite, j'prendrai pas de risques, et j'demanderai pas aux autres d'en prendre.

— C'est d'accord.

Et à ce moment mon téléphone sonne.

— Sam ? Lieutenant Goodman ?

— Oui, que puis-je faire pour vous ?

— Sam, c'est Brian. Je suis très embêté, mon frère a pété les plombs. Il a voulu s'évader et je n'ai pas pu l'empêcher. Il va faire une bêtise.

— Hein…Brian ? Où êtes-vous ?

— Il veut tuer Julia qu'il tient pour responsable de son arrestation. Il est chez vous. Venez vite.

SAM possède une très jolie maison, du genre qu'aurait aimée Suzan. Nous n'y sommes jamais venus du temps où nous nous fréquentions, mais je connaissais évidemment son adresse, et bêtement je l'ai dit à Harvey.

Et voilà, nous sommes là tous les deux. Il fait une nuit magnifique et pourtant la rue est déserte. C'est toujours comme ça dans ces quartiers résidentiels. En fin de compte, on risque moins dans les quartiers populeux.

Harvey fume et je vois par instants le bout rougeoyant de sa cigarette. Il a toujours eu cette mauvaise habitude. Quand il était à la maison j'essayais de l'empêcher de fumer, à cause des enfants. Peine perdue. J'ai tout raté, avec lui.

Toute la soirée j'ai tenté de le dissuader de son projet. Même si Julia est fautive, ce n'est pas une raison pour la punir de cette façon. Tout ce que j'espère c'est que mon coup de téléphone à Sam pourra éviter le pire. Mais je n'y crois pas. Harvey est vraiment décidé. Et quand il a quelque chose en tête…

— Bon, ben, qu'es' qu'on attend ? On y va, frérot ?

— Harvey, Harvey, Sam est mon ami. Tu ne peux pas lui faire ça !

— Bordel, c'est une tache cette gonzesse ! Qu'es' qu'il en a à foutre, ton pote ! Il en retrouvera dix mieux qu'elle !

— C'est faux. Et c'est aussi l'amie de Suzan.

— Suzan ? Quelle pomme tu fais ! Suzan qui te laisse choir comme un Tampax usé ! Bordel, t'as pas de couilles, frérot ! j'te dis qu'il faut l'effacer ! Allez, ramène-toi !

On a traversé la rue et on a monté l'un derrière l'autre les quelques marches qui conduisent à la porte. Je le suis uniquement pour le retenir au moment opportun. J'espère bien y arriver.

Par la fenêtre du salon on a aperçu Julia qui allait et venait entre la pièce et la cuisine. C'est une bonne épouse, elle prépare le repas pour son petit mari. Comme Suzan quand je rentrais plus tard qu'elle. C'était le bon temps. J'ai été heureux avec elle et mes gosses. Ça a changé, en réalité, quand Harvey a débarqué. J'aurais dû tout de suite réagir. J'ai été trop faible.

Harvey n'a eu aucune difficulté pour ouvrir la porte. Ça fait partie, hélas, de ses talents. Je jette un coup d'œil dehors. Toujours rien. Que fait la police ?

On est entrés sur la pointe des pieds. Julia était dans la cuisine et je l'entendais chantonner. On a refermé la porte doucement. Elle avait laissé peu d'éclairage dans le salon. C'est bien, c'est une femme économe. La maison est jolie et confortable sans être luxueuse. Un escalier peint en laque blanche monte à un étage où doivent se trouver les chambres. C'est un peu la même disposition que chez nous. Dans le salon les meubles sont clairs et il y a des peintures accrochées au mur. Près d'une baie vitrée qui donne sur un jardin, une grande bibliothèque est entièrement garnie de livres que je n'ai pas le temps d'examiner. On sent tout de suite qu'il fait bon vivre ici et que l'on peut y être heureux.

En m'avançant sur le seuil de la cuisine j'aperçois Julia de dos en train de découper quelque chose sur la table.

Je sens le souffle d'Harvey dans mon cou et je le repousse derrière moi.

Julia se retourne. Son visage se fige et elle ouvre la bouche pour crier.

— Julia, c'est moi, n'ayez pas peur. Je vous présente Harvey.

Je me retourne vers mon frère, mais il n'est plus là.

— Julia, c'est Brian, vous ne me reconnaissez pas ? lui dis-je alors qu'elle porte la main à sa bouche.

À cet instant elle pousse un hurlement qui me fait dresser les cheveux sur la tête.

— Julia ! Mon Dieu ! Harvey ! Non, Harvey ! Arrête ! Non, Harvey !

Je suis resté pétrifié le temps que refoule l'horreur.

— Brian Marshall est chez moi ! ai-je enfin hurlé.

Tout s'est figé, et c'est Jimmy qui a réagi le premier. Après, ç'a été la cavalcade.

— J'appelle les flics du coin ! a braillé O'Malley. Grouillez-vous, nom de Dieu !

Je ne l'entends plus, je suis dans la voiture de Jimmy qui démarre comme un fou.

J'essaye d'appeler chez moi, mais elle ne répond pas. Je ne sais pas ce que je raconte parce que Jimmy, tout en fonçant, me pose la main sur le bras.

— Calme-toi, Sam, on va y arriver. Tu vois, elle est probablement pas là !

— Mais si ! Elle devait rentrer tôt !

Je sais que je perds les pédales mais je n'y peux rien. Je sors mon .38 et je l'examine. Toutes les balles sont bien rangées dans leur chambre. Je tourne le barillet et soulève le chien. Mais ça ne me rassure pas.

— Avance, bon Dieu !

Je crie par la portière pour que ces saloperies de voitures dégagent, mais on dirait qu'elles ont les roues engluées. J'ai l'impression, comme dans certains cauchemars, de faire du surplace.

— Fonce ! fonce !

Je dois parler tout seul car plusieurs fois Jimmy me demande ce que je dis. Ou alors il n'écoute pas.

— Les collègues doivent déjà y être. Ils l'ont sûrement déjà poissé !

— Fous-moi la paix ! S'ils l'avaient, ils nous préviendraient !

J'ai mal au ventre et j'ai envie de chialer. Je ne peux pas imaginer Julia face à ce monstre. Pourquoi Julia ?

— Tu as raison, il ne la touchera pas, j'ai entendu dans un brouillard.

Je l'ai regardé.

— Tu t'en fous, c'est pas ta femme !

Les rues sont encombrées comme elles le sont dans cette putain de ville d'un bout de l'année à l'autre ! Putains de connards de voitures !

Non, il ne lui fera rien. Il la connaît. Il l'aimait bien. Ils sont sortis tant de fois ensemble. Julia rapportait toujours quelque chose pour les enfants quand elle voyageait. Pourquoi il lui ferait du mal ?

— Il ne lui fera rien, il voulait que tu viennes, dit Jimmy. Il voulait que ce soit toi qui le reprennes.

— Roule !

Derrière nous, hurlent des dizaines de sirènes. Tous les flics de la ville nous accompagnent. Les carrefours se dégagent au fur et à mesure que nous avançons. Des voitures se foutent en travers, j'entends des tôles qui s'écrasent, des pneus qui crient.

Je reconnais ma rue avec son jardin planté d'arbres.

— Grouille, bon Dieu !

— On y est, mon pote ! on y est ! crie Jimmy qui s'arc-boute pour freiner.

Notre voiture dérape d'un demi-tour mais je suis déjà dehors.

Je cavale comme un dingue et j'entends Jimmy crier.

Les autres voitures déboulent et s'arrêtent en couinant, dégueulant une horde de flics braillants.

Leurs gyrophares diffractent la nuit en millions de lumières et ma maison, éclairée de haut en bas, se dresse comme une cathédrale.

— Julia, Julia, n'aie pas peur, c'est moi !

On me retient par ma veste mais je me dégage.

— Fais gaffe, il est sûrement armé !

Je me jette à l'intérieur, mon arme braquée, le doigt sur la détente, tremblant des pieds à la tête. C'est allumé partout, mais je ne vois personne.

— Julia ! Julia ! Où es-tu ? C'est moi, Sam ! Julia, réponds !

Il est sorti de la cuisine, le visage sombre, et m'a regardé avec tristesse.

Il m'a tendu la main et dans l'autre il y avait un couteau. Et ce couteau était poisseux de sang.

On aurait cru qu'il avait trempé son bras dans une bassine de peinture rouge.

— Je suis affreusement désolé, Sam, je n'ai rien pu faire, a-t-il dit avec un sanglot dans la voix.

Derrière moi, la nuit s'est refermée. Elle m'a englouti avec lui quand il a levé ses deux mains vers moi.

Il s'est détaché de la porte et j'ai vu Julia, allongée par terre, les jupes relevées sur ses cuisses. Sa poitrine dénudée ressemblait à un coquelicot éclaté.

Le sang qui s'écoulait inondait le carrelage, et les murs et la table en étaient barbouillés.

J'ai pensé qu'il fallait le recueillir pour le lui redonner.

Que sa vie ne pouvait pas s'enfuir comme ça, que j'allais la lui rendre.

Julia si belle, si chaude, ma Cubaine, mon amante ! Julia !

J'ai appuyé sur la détente et j'y ai laissé mon doigt.

Et chaque balle qui éclatait dans la poitrine de son assassin le faisait sauter et reculer. Et son regard hébété de surprise ne me quittait pas. Il a levé la main pour se protéger. Et il me regardait.

Il est tombé dans un maelström rouge qui giclait comme une pluie de sang. Et moi j'avais le doigt collé sur la détente et derrière moi j'entendais crier.

Et des dizaines de bras se sont suspendus aux miens et des milliers de voix m'ont enveloppé. Je n'entendais plus rien et j'ai continué de tirer.

Et j'ai suffoqué de l'odeur de la poudre, et j'ai continué de tirer.

Et même quand ils m'ont roulé par terre, j'ai continué de tirer.

Et ils ont voulu m'arracher mon arme mais ils n'ont pas pu parce que l'arme était ma main et la détente était mon doigt.

Alors ils sont tombés sur moi et j'ai cru mourir. Et j'ai hurlé, et je hurle encore.

Je suis couché près de Julia et je la supplie de se relever.

DU MÊME AUTEUR

La Vie à fleur de terre
Denoël

Un été pourri
Viviane Hamy, J'ai lu

La Mort quelque part
Viviane Hamy, J'ai lu

Le festin de l'araignée
Viviane Hamy, J'ai lu

Fin de parcours
Viviane Hamy

L'Étoile du temple
Viviane Hamy, J'ai lu

Gémeaux
Viviane Hamy

Les Cercles de l'enfer
Flammarion

Lâchez les chiens
Flammarion, Librio

Groupe Tel-Aviv
BD policière, Le Masque

L'Empreinte du nain
Flammarion

Brouillard d'écosse
Albin Michel Jeunesse

La Mémoire du bourreau
Le Masque

Le Sang de Venise
Flammarion

Le Tango des assassins
Le Masque

Le Cinquième Jour
Albin Michel

Trafics
Bayard, Je bouquine

« SPÉCIAL SUSPENSE »

MATT ALEXANDER
Requiem pour les artistes

STEPHEN AMIDON
Sortie de route

RICHARD BACHMAN
La Peau sur les os
Chantier
Rage
Marche ou crève

CLIVE BARKER
Le Jeu de la Damnation

GILES BLUNT
Le Témoin privilégié

GERALD A. BROWNE
19 Purchase Street
Stone 588
Adieu Sibérie

ROBERT BUCHARD
Parole d'homme
Meurtres à Missoula

JOHN CAMP
Trajectoire de fou

JOHN CASE
Genesis

JEAN-FRANÇOIS COATMEUR
La Nuit rouge
Yesterday
Narcose
La Danse des masques
Des feux sous la cendre
La Porte de l'enfer

CAROLINE B. COONEY
Une femme traquée

HUBERT CORBIN
Week-end sauvage
Nécropsie
Droit de traque

PHILIPPE COUSIN
Le Pacte Pretorius

DEBORAH CROMBIE
Le passé ne meurt jamais
Une affaire très personnelle

JAMES CRUMLEY
La Danse de l'ours

JACK CURTIS
Le Parlement des corbeaux

ROBERT DALEY
La nuit tombe sur Manhattan

GARY DEVON
Désirs inavouables
Nuit de noces

WILLIAM DICKINSON
Des diamants pour Mrs Clark
Mrs Clark et les enfants du diable
De l'autre côté de la nuit

MARJORIE DORNER
Plan fixe

FRÉDÉRIC H. FAJARDIE
Le Loup d'écume

FROMENTAL/LANDON
Le Système de l'homme-mort

STEPHEN GALLAGHER
Mort sur catalogue

CHRISTIAN GERNIGON
La Queue du Scorpion
(Grand Prix de littérature policière 1985)
Le Sommeil de l'ours
Berlinstrasse
Les yeux du soupçon

JOHN GILSTRAP
Nathan

JEAN-CHRISTOPHE GRANGÉ
Le Vol des cigognes
Les Rivières pourpres
(Prix RTL-LIRE 1998)
Le Concile de pierre

JAMES W. HALL
En plein jour
Bleu Floride
Marée rouge
Court-circuit

JEAN-CLAUDE HÉBERLÉ
La Deuxième Vie de Ray Sullivan

CARL HIAASEN
Cousu main

JACK HIGGINS
Confessionnal

MARY HIGGINS CLARK
La Nuit du Renard
(Grand Prix de
littérature policière 1980)
La Clinique du Docteur H.
Un cri dans la nuit
La Maison du guet
Le Démon du passé
Ne pleure pas, ma belle
Dors ma jolie
Le Fantôme de Lady Margaret
Recherche jeune femme
aimant danser
Nous n'irons plus au bois
Un jour tu verras...
Souviens-toi
Ce que vivent les roses
La Maison du clair de lune
Ni vue ni connue
Tu m'appartiens
Et nous nous reverrons...
Avant de te dire adieu
Dans la rue où vit celle que j'aime

CHUCK HOGAN
Face à face

KAY HOOPER
Ombres vidées

PHILIPPE HUET
La Nuit des docks

GWEN HUNTER
La Malédiction des bayous

PETER JAMES
Vérité

TOM KAKONIS
Chicane au Michigan
Double Mise

MICHAEL KIMBALL
Un cercueil pour les Caïmans

LAURIE R. KING
Un talent mortel

STEPHEN KING
Cujo
Charlie

JOSEPH KLEMPNER
Le Grand Chelem
Un hiver à Flat Lake

DEAN R. KOONTZ
Chasse à mort
Les Étrangers

PATRICIA MACDONALD
Un étranger dans la maison
Petite Sœur
Sans retour
La Double Mort de Linda
Une femme sous surveillance
Expiation
Personnes disparues
Dernier Refuge

PHILLIP M. MARGOLIN
La Rose noire
Les Heures noires
Le Dernier Homme innocent
Justice barbare

DAVID MARTIN
Un si beau mensonge

LAURENCE ORIOL (NOËLLE LORIOT)
Le tueur est parmi nous
Le Domaine du Prince
L'Inculpé
Prière d'insérer

ALAIN PARIS
Impact
Opération Gomorrhe

RICHARD NORTH PATTERSON
Projection privée

THOMAS PERRY
Une fille de rêve
Chien qui dort

STEPHEN PETERS
Central Park

JOHN PHILPIN/PATRICIA SIERRA
Plumes de sang
Tunnel de nuit

NICHOLAS PROFFITT
L'Exécuteur du Mékong

PETER ROBINSON
Qui sème la violence...
Saison sèche
Froid comme la tombe

FRANCIS RYCK
Le Nuage et la Foudre
Le Piège

RYCK EDO
Mauvais sort

LEONARD SANDERS
Dans la vallée des ombres

TOM SAVAGE
Le Meurtre de la Saint-Valentin

JOYCE ANNE SCHNEIDER
Baignade interdite

JENNY SILER
Argent facile

BROOKS STANWOOD
Jogging

WHITLEY STRIEBER
Billy
Feu d'enfer

MAUD TABACHNIK
Le Cinquième Jour

THE ADAMS ROUND TABLE PRÉSENTE
Meurtres en cavale

La composition de cet ouvrage
*a été réalisée par l'**Imprimerie Bussière,***
l'impression et le brochage ont été effectués
sur presse Cameron dans les ateliers
*de **Bussière Camedan Imprimeries***
à Saint-Amand-Montrond (Cher),
pour le compte des Éditions Albin Michel.

Achevé d'imprimer en janvier 2002.
N° d'édition : 20321. N° d'impression : 16268-014927/4.
Dépôt légal : février 2002.